RUE DAGUERRE

Du même auteur

La Correction, Rivages, 2016 ; Rivages Poche, 2025. Prix Stanislas 2016.
Grand bassin, Rivages, 2018.
Les mauvaises graines, Thierry Magnier, 2020.
Invasions domestiques, Rivages, 2022.

Élodie Llorca

RUE DAGUERRE

Rivages

Retrouvez l'ensemble des parutions
des Éditions Rivages sur

editions-rivages.fr

Collection dirigée par Émilie Colombani

« Les amoureux deviennent souvent susceptibles, dangereux.
Ils perdent le sens de la perspective. »

Charles Bukowski

« Le monde entier est un théâtre,
et tous, hommes et femmes, n'en sont que les acteurs.
Et notre vie durant, nous jouons plusieurs rôles. »

William Shakespeare

– I –

1

Sarah

Le visage de l'enfant est lumineux. Il s'approche du micro, sourit à la caméra. Sur ses traits, aucun signe de peur.

En apnée, Sarah caresse la tête blonde apparue à l'écran. *Pense-t-il à moi comme je le fais depuis trois mois, heure après heure, seconde après seconde ?* Machinalement, elle saisit son portable, compose un numéro. D'une voix hésitante, elle dit : « Je l'ai retrouvé. Il est là. » Elle n'entend pas la réponse de Pascal Hernandez, car le petit vient de prononcer ses premières paroles : « Je vais chanter *Ce rêve bleu.* » Tout se brouille. Sarah se met à tourner une mèche de cheveux comme le faisait l'autre femme. Elle l'imagine se tenir dans la coulisse. À sa place. Prise d'un haut-le-cœur, elle court jusqu'aux toilettes, vomit, se redresse, récupère son téléphone : « Germain passe à la télévision. *La France a un incroyable talent*. Qu'est-ce qu'on fait maintenant ? »

2

Pascal Hernandez

Alors qu'il s'apprête à convoquer ses équipes, Pascal Hernandez reçoit les premiers résultats de la scientifique. Le corps retrouvé dans la mare Robert-le-Diable, en pleine forêt d'Halatte, n'a pas encore été identifié. Le crâne a été fracassé à coups de pierre, les dents permettront peut-être de remonter la piste. Un meurtre nauséabond.

L'inspecteur vient se planter devant la fenêtre. Derrière les carreaux, la ville s'agite. Ancrée au cœur d'une clairière agricole, Fleurines et ses environs feraient rêver n'importe quel citadin, mais le policier ne s'y trompe pas. Qui pense trouver le calme à la campagne se leurre. Les bêtes ne sont pas forcément domestiquées derrière des enclos fermés. Peu importe le lieu, l'homme restera toujours un loup pour l'homme. Et l'âme, une zone grise.

3

Sarah

Trois mois plus tôt.

Un vendredi. Sarah attend son fils à la sortie de l'école, aujourd'hui ce sont les sept ans de Germain. Elle espère que son mari ne tardera pas ; dans le XIVᵉ arrondissement, se garer relève du miracle. Après la crêperie de la rue Daguerre, ils rentreront à la maison où le cadeau attend : un vélo flambant neuf. Il a fallu convaincre Marin et ses sempiternels sarcasmes : « On ne vit pas à la campagne mais à Paris, Sarah. Tu veux vraiment singer tous ces bobos qui offrent un vélo à leur gamin ? » C'est surtout son enfance qui ne passe pas. Ses allers-retours à bicyclette pour fuir l'ennui. À force d'insister, Sarah est parvenue à le faire plier : le square de l'Aspirant-Dunand avoisine l'appartement, Germain n'en fera que dans les allées. Elle s'est même engagée à ce que le gamin n'emprunte pas les pistes cyclables menant au jardin, une hérésie, mais il a fallu cette promesse pour lui faire baisser la garde. Depuis qu'il est devenu père, Marin s'inquiète pour un rien.

« Quand je suis tombée enceinte, il a fait une couvade ! » plaisante fréquemment la jeune femme devant leurs amis qui taquinent son époux à cause de ses dix kilos en trop stockés sous ses marinières.

Marin l'enlace par-derrière, Sarah sursaute. Quand il s'accoude contre la barrière grillagée, elle lui enserre la main comme si elle s'apprêtait à le perdre. D'autres parents attendent à la sortie de l'école, même s'ils sont les seuls, comme chaque vendredi, à faire le pied de grue en couple. Les apparences sont sauves.

Au tintement de la sonnerie, les petits vrombissent en essaim. Les apercevant, Germain tourbillonne. « Aujourd'hui, c'est mon anniversaire ! » répète-t-il, les yeux brillants. Le même bleu que celui de son père, avec, chez lui, une innocence que ne possède pas Marin. Ou qu'il a fini par perdre.

4

Marin

1981.

Marin adosse son vélo au poteau des Blancs-Sablons. Il aime venir ici pour embrasser les communes de Fleurines, Senlis et Villers-Saint-Frambourg qui convergent en ce point précis. Là, il est le roi du monde. Dans son dos se trouve Fleurines, son village, qu'il fuira dès qu'il en aura les moyens. Excepté la boulangerie et la supérette, il n'y a rien dans ce bled. En plus, Jérôme, le fils des voisins, menace toujours de lui casser la gueule.

Aux Blancs-Sablons, on est partout à la fois. En fermant les yeux, on peut s'imaginer à Paris, au cœur d'une rue bruyante et sale. Le jeune garçon tire sa pièce fétiche de sa poche, inspire un bon coup avant de la lancer. Elle retombe dans sa paume. Pile. C'est certain, plus tard il y vivra. Sans télévision ni vélo. Juste ses pieds pour marcher. Imprimer sa trace.

5

Sarah

Quand ils se sont rencontrés, Sarah avait vingt-sept ans, et Marin, cinq de plus. Quelques années auparavant, cela n'aurait pas fonctionné. À ce moment-là, les planètes étaient alignées.

Le métier de Sarah consistait à sillonner la France pour l'émission *Le Bigdil*, en quête de candidats conformes – à savoir brillamment ordinaires. À l'occasion du Sept d'or du jeu, la prod avait loué une salle à Montmartre. Projeté sur un écran géant, Bill l'extraterrestre se mouvait au gré des sons envoyés par le DJ tandis que trois Gafettes dansaient sur le *Cric Crac Hop*. La fête s'annonçait grandiose. Sarah peinait pourtant à se détendre, c'est pour cette raison qu'elle suivit sans résistance Ethan quand il l'entraîna au sous-sol. S'il n'y avait pas eu ce rail de trop, l'existence aurait pris une tout autre tournure. Il n'était même pas minuit et Ethan gisait sur le sol. Le lieu avait dû être évacué.

Le surlendemain, un certain M. Dante fut dépêché pour s'entretenir avec les salariés. Vêtu d'une marinière, cet homme détonnait à arpenter le Studio 107 de la Plaine Saint-Denis. Dans l'équipe, personne n'aurait pu imaginer un psy afficher un tel air de Pierrot la lune. En tête à tête avec lui, Sarah avait pleuré et, à la fin de l'entretien, elle n'avait pas rechigné à saisir la carte qu'il lui tendait. Inscrit en plein centre : *Marin Dante – Psychologue*. Dix jours plus tard, elle poussa la porte de son cabinet.

Sarah connaissait le quartier de Félix Faure où se situait l'immeuble, puisqu'elle avait grandi dans le XVe arrondissement. *Ce ne peut être une coïncidence, je dois suivre ce chemin*, se persuada-t-elle, tentant de desserrer un nœud qui lui obstruait la gorge depuis la disparition de son compagnon. *Ethan me manque*, ces mots pourtant simples, elle ne parvint à les prononcer qu'au cours des séances suivantes. Tous deux se fréquentaient depuis un an, le jeune homme était ingé-son sur *Le Bigdil*. Une vingtaine de séances plus tard, elle réussit à apprivoiser son deuil. La douleur était encore présente, mais un sentiment nouveau avait éclos. L'acceptation de la perte.

Cela faisait près d'un an qu'elle consultait Marin quand elle apporta un cadeau dégoté dans une boutique située au pied du cabinet. « Ce petit ours en marinière est un Bearbrick », lui avait expliqué le commerçant, en précisant que la statuette avait été dessinée par un artiste dont Sarah oublia le nom dès qu'il fut prononcé. Elle retint cependant l'essentiel : cette figurine était un hommage à Jean-Paul Gaultier. Il la lui fallait absolument. Ce n'était qu'une fois l'ourson déposé sur le bureau de son thérapeute qu'elle fut saisie par la honte, mais elle se garda d'en parler pour brasser tout et rien, veillant à enfouir l'émotion ressentie à la vue de cet ours en polo rayé. Lorsque Sarah se redressa enfin, les joues pivoine, Marin décréta que cette séance serait la dernière. La jeune femme pensa à ce silence anormal qu'il avait fait régner ce jour-là, et s'apprêtait à bafouiller quelques mots d'excuse, quand il l'invita. « Je vous attends ce soir à ce restaurant », dit-il, sourcils froncés, avant d'inscrire sur un papier l'adresse du lieu de rendez-vous. Sarah ne put émettre aucun son.

Des années plus tard, celui qui deviendrait son mari lui confia que cet ours rayé lui rappelait un lointain souvenir. C'était même pour cette raison qu'il avait répondu à la proposition voilée de Sarah. Car, ajouta-t-il, « avec ton Bearbrick, tu m'as fait *un putain* de rentre-dedans ».

Aux proches, Marin servait une autre histoire. Sarah avait l'interdiction formelle de le contredire, étant entendu que coucher avec sa patiente était la dernière chose à faire. Elle avait même dû taire la vérité à Romane, sa meilleure amie, et laissait parler son époux s'amusant à raconter qu'elle l'avait approché lors d'une soirée. Il se tenait près d'un balcon filant tandis que sa belle, vêtue d'une jupe en cuir à peine plus grande qu'un mouchoir, manœuvrait autour de la platine. Quantité de bellâtres tentaient de l'aborder, mais elle avait jeté son dévolu sur lui.

Marin avait si bien rodé les détails de leur rencontre que Sarah en venait à penser qu'il se remémorait une scène partagée avec une autre.

6

Justine

Justine Roy sort le jouet de sa poche. Sous le regard intrigué des autres comédiennes, elle fait tourner avec agilité le petit objet en bois dans sa paume. Elle inspire. *Le rôle de Temple Drake est pour moi.* À l'annonce de son nom, elle range son grigri dans sa poche, ourle ses lèvres d'un rouge mat et se lève pour suivre la chargée de casting jusqu'au fond du couloir. Dans la pièce contiguë, le metteur en scène lui fait signe d'approcher. Justine Roy obtempère, un fil reliant son crâne au ciel, comme à chaque audition. « Quand j'ai su que vous adaptiez au théâtre ce roman de Faulkner, je n'ai pas hésité une seule seconde », lâche-t-elle dans une voix de tête, pas aussi percutante qu'espérée. L'homme essuie les verres de ses lunettes, se racle la gorge : « Devrais-je penser que les autres comédiennes ont *hésité une seule seconde* ? » Sous la pulpe de ses doigts, Justine Roy mesure à nouveau la douceur du jouet. « Dans une autre vie, j'ai été sélectionnée sur ce texte. C'était pour la classe libre du Cours Florent. Nous étions en 1990. » Le metteur en scène manque de s'étouffer. « Mathusalem, tout ça ! Jouez plutôt votre texte. » Justine s'exécute, mais le rôle lui échappe.

Dans le couloir, une autre est aussitôt appelée. « Mon nom est Clémence Boltéreau », claironne la nouvelle postulante en entrant dans la salle. Une voix de poitrine. Elle est Temple Drake. Pas de doute, elle obtiendra le rôle.

7

Sarah

Après une licence en information-communication, Sarah a fait ses armes sur l'émission au titre lucide : *Que le meilleur gagne !* Ils étaient quatre stagiaires à qui l'on annonça qu'un seul serait recruté à l'issue des trois mois : le meilleur. Elle perdit. Malgré tout, son CV s'étoffa : *Presse-citron, Un pour tous, Doublé gagnant*, *Au pied du mur*. À croire que les titres des programmes télévisuels qui la retenaient avaient été choisis pour offrir une vision cynique du monde. Décrocher la timbale et devenir intermittents, tel était le graal pour tous ces débutants, égarés de prod en prod. Peu à peu, Sarah abandonna tout idéal et se consacra, lors des sélections à Paris ou en province, au triage ardu de la crème de la crème.

Sur *Les Z'amours*, elle a travaillé trois ans en total dévouement, couchant avec le chef du casting, deux candidats en errance et divers stagiaires sur qui elle se prévalait d'avoir un certain ascendant alors qu'elle avait tout juste vingt-quatre ans. Vint ensuite le studio 107 de la Plaine Saint-Denis avec le *Bigdil*.

Six millions de téléspectateurs et quarante pour cent de part de marché, cela valait bien quelques rails. En fin de soirée, Bill l'extraterrestre et ses cadeaux de la planète Fricus finissaient par exister.

Romane, sa meilleure amie, l'incitait à s'engager dans une relation stable. Ethan était régisseur du son sur le programme, et Sarah aimait son air débonnaire, la façon qu'il avait eue de flirter avec elle, sans guère d'implication. Depuis un an qu'ils se voyaient, il continuait à préférer la défonce à la stabilité. Sarah s'en plaignait pour la forme, mais éprouvait néanmoins une certaine sécurité dans cette instabilité. Rien n'était à perdre et tout à gagner.

Au cours de ses séances avec Marin, elle parla souvent de ses difficultés à se poser, fréquenter avec ce genre d'homme était une douce facilité. Pour changer la donne, le thérapeute la conduisait à renouer avec sa mère afin de comprendre pourquoi elle était partie à l'autre bout du monde. Sarah pourrait alors s'autoriser à aimer – la formule était banale mais il s'agissait tout de même de cela. Son psy sous-entendait que sa patiente se cachait derrière un comportement *borderline,* construit en rempart. Au fil des mois, elle en était venue à penser que seul cet homme à l'allure dégingandée et aux yeux d'un bleu limpide, flottant derrière son bureau en noyer, pourrait l'aider à se stabiliser. Permettre à son embarcation de braver les flots. Le petit ours en marinière qu'elle lui avait offert était une façon de le lui signifier.

Dès le début de leur relation, Marin lui confia sortir d'une rupture. Sarah mit son caractère borné et passablement ombrageux sur le compte de cette blessure qu'il s'obstinait à tenir secrète. Il disait avoir fait table rase du passé et elle prit le parti de le croire, même si les obsessions et l'irritabilité de son compagnon le trahissaient. Malgré tout, il restait adorable, avec ses cheveux bouclés et ses polos rayés. Comme s'il s'agissait de parer à toutes formes de déconvenues, Marin affirmait être en recherche d'une femme solide, en quête de vérité, et surtout *sans dinguerie*. Des propos dignes d'une petite annonce à l'ancienne. L'histoire de Sarah avait donc été absoute de toute folie – constat aussi rassurant que décevant, pensait-elle en se blottissant contre lui.

À la naissance de Germain, les manies de Marin ont viré à la tourmente. Ses tacles, à la méchanceté. À l'inverse d'elle surjouant la désinvolture, son mari s'est pris à surprotéger leur enfant et à pousser Sarah dans ses retranchements. Il traquait le mensonge comme si un grain de sable pouvait tout faire dérailler. Secrètement, elle s'est mise à désirer le chaos.

8

Marin

1982.

Marin rentre de la forêt d'Halatte à vélo. Cet après-midi, il a coursé un cerf. A fait fumer un crapaud. Le voir gonfler était moins drôle qu'espéré. La prochaine fois, il fourrera un pétard dans la grande gueule de Jérôme.

L'adolescent pédale à pleine vitesse, ferme les yeux en descente, puis dérape au dernier moment face au portail. Les rideaux sont fermés, sa mère les a sans doute tirés à cause du voisin qui espionne leurs moindres faits et gestes. Son vélo expédié dans le garage, Marin gagne le perron, gravit les huit marches en pierre et s'étonne de découvrir la porte fermée à double tour. Les parents devraient pourtant être là. Autour de son cou, il n'a pas la clef comme les jours où il se rend au collège alors il contourne la baraque, fait glisser la fenêtre de la cuisine. Une ruse de Sioux.

En sourdine passe *L'École des fans*. Les vieux doivent être en course sans avoir éteint le téléviseur. Marin se coule dans le fauteuil, s'amuse des mimiques de Jacques Martin et du public du théâtre de l'Empire qui rigole quand les gamins poussent la chansonnette. Il tire une nouvelle fois la pièce de sa poche. Pense à sa vie future et lance haut son grigri qui retombe dans sa paume en faisant un bruit mat. Face. Écœuré, il se lève pour éteindre le poste.

Assis à la table de la cuisine, il grignote sans faim quelques gâteaux avant de se raidir : du ramdam à l'étage. Son cœur tambourine alors, balai en main, il grimpe les escaliers pour approcher à pas de loup de la chambre des parents. Il entrebâille la porte. Sur le lit, un homme à quatre pattes. Il est gros, nu et embroche sa mère. Elle grogne comme une truie. En apercevant son fils, elle crie quelque chose qu'il ne comprend pas. Le type tourne la tête. C'est Rémi, le voisin. Le vieux Rémi.

9

Sarah

Sur la place Denfert-Rochereau, Sarah aperçoit le van. À peine deux heures de route pour atteindre Reims, ils y seront avant midi. Une semaine par mois, les castings se déroulent en province, c'est pourquoi Marin cale ses rendez-vous pour être à l'école à 16 h 30. Si Germain pleurnichait au début, les escapades de sa mère sont devenues une routine. On dirait même que l'enfant les attend.

Lorsque Sarah s'installe à l'arrière du véhicule, Matéo la gratifie d'un lot de chemises cartonnées : les dossiers des candidats à auditionner ces prochains jours avec leurs hobbys, leurs émissions préférées, et leurs défauts soi-disant inavouables, mais qu'ils confessent pourtant avec un orgueil imbécile. Sarah feuillette les fiches. En acceptant de venir se ridiculiser, Shine, Christmaëlle et Senna se félicitent à coup sûr de faire bientôt la une des magazines people. Consciente de participer à cette farce, la casteuse a un haut-le-cœur. Elle trempe ses lèvres dans le café tendu par Matéo, la tasse se renverse et c'est l'instant de l'anicroche : les doigts du jeune homme ont caressé la flanelle trempée de sa jupe.

Sans cet incident, le reste de la journée serait semblable à des dizaines d'autres. Sarah s'arrime à ce qui la rassure : les candidats à dénombrer, la présentation parfaitement rodée de l'équipe et les mêmes plaisanteries que chacun fait mine de goûter pour la première fois.

Matéo est le dernier à avoir rejoint le staff. En sa présence, Sarah se rappelle ses premières années au casting. Elle avait à peu près le même âge que lui aujourd'hui, vingt-cinq ans, mais déjà son idéalisme avait commencé à s'effriter. Matéo a une formation d'ébéniste, il parle parfois de la douceur du bois. *Pour quelle raison a-t-il abandonné l'artisanat pour un univers aussi superficiel ?*

En fin de journée, Sarah appelle à la maison. Germain ne cesse de crier. La nuit dernière, il a fait pipi au lit – « une phase transitoire » selon le pédopsychiatre. Au téléphone, elle en convient, s'énerver ce matin a été une erreur, alors que Marin s'évertuait à réparer les dégâts, le drap étalé dans la baignoire. Il faut dire qu'il l'empêchait de se maquiller et qu'elle était en retard. À l'autre bout du fil, son mari puise dans ses bas-fonds, ceux explorés dans le secret le plus professionnel : « Comment peux-tu encore prendre du plaisir à dénicher le meilleur crétin des Alpes de Trifouillis-les-Oies ? » Sarah se souvient pourtant qu'au sein de son cabinet, tous deux s'ingéniaient à trouver un sens à ce qu'un certain Pascal avait nommé, trois siècles avant l'arrivée de la télévision, le *divertissement*. Si les jeux n'étaient pas à prendre au sérieux, ils demeuraient indispensables, agissant tel un puissant facteur consolatoire. Le combiné à l'oreille, Sarah finit par se taire. Son mari lui demande si elle se sent bien. « Et si je lâchais tout ? » réplique-t-elle.

À 19 h 30, Sarah gagne le restaurant. Assise en face de Matéo, elle observe les doigts virils, allant et venant de sa fourchette à son verre, de sa bouche à son cou épais. Tout le long du repas, elle reste mutique. Vient le moment de gagner les chambres.

Dans le miroir de la salle de bains, elle ausculte ses traits. De fines veinules bleuâtres sillonnent le creux de ses cernes, elle aura bientôt trente-sept ans. Le visage de sa mère se superpose au sien. Sarah se fige : trois petits coups viennent de s'abattre sur la porte de sa chambre. *Que fait Marin à cet instant*, cette pensée lui traverse l'esprit tandis qu'elle franchit les deux mètres qui la séparent de l'ébéniste.

10

Justine

Les nouvelles ne sont pas bonnes.

En touillant dans sa tasse, Léna Lambert explique devoir faire ce point « afin de passer à autre chose ». Ce point donc, qui a débuté à 14 h 05, consiste pour l'agente artistique de Justine à énumérer des généralités sur le métier d'actrice et à s'enthousiasmer sur les forces vives de Zoom. À 14 h 37, la main tintinnabulante de bracelets pour réclamer la note, Mlle Lambert trouve enfin le courage qui lui manquait : « Justine, vous ne devez plus compter sur Zoom, une déplorable charrette », voilà ce qu'elle lâche sèchement en réglant l'addition de cinq euros soixante. Ceci étant dit, l'agente se perd dans les allées de la brasserie avant de revenir d'un air contrarié sur Justine. Elle sonde le visage impassible de la comédienne. *Ce doit être le choc*, estime-t-elle avant de se décider à lui prodiguer un dernier conseil : « Voyez-vous, Justine, si l'on échoue à décrocher des rôles, on est en devoir de se poser certaines questions. Est-on faite pour ce métier ? Ne peut-on pas se réorienter à n'importe quel âge ? »

Depuis le début de l'entretien, Justine Roy caresse le jouet sur ses genoux. Elle se remémore une scène ancienne : Marin l'attendait dans l'alcôve de cette brasserie tandis qu'elle revenait de Saint-Tropez – un tournage pour la série *Sous le soleil*. Son train avait accusé du retard, et les yeux de son compagnon s'étaient éclairés en la voyant enfin approcher, traînant sa lourde valise. Une fois assise, elle avait fouillé son sac pour en retirer le jouet qui, immanquablement, la ramenait à Miranda. « Puisque tu as perdu ta pièce fétiche, dit-elle, je t'offre mon porte-bonheur. Celui qui le possédera aura un défi à relever. » Au souvenir de la proposition faite par Marin, les yeux de Justine se brouillent. *Il faut en finir avec tout ça, je me le suis tant de fois répété*. Elle se lève. Léna Lambert fait le geste de la retenir, mais Justine ne se laisse pas faire. Elle écarte le poignet bariolé de bracelets avant de dire : « Grâce à vous, je suis de retour chez moi. » L'agente en reste coite. À croire qu'elle voit Justine pour la première fois.

11

Sarah

À l'aube, Sarah se tient nue devant le miroir de la salle de bains. Elle caresse son visage, descend le long de la courbe des seins. C'est le chemin emprunté par Matéo cette nuit. Elle a embrassé ses doigts d'ébéniste, goûté ses lèvres sensuelles avant de conduire sa main jusqu'à son sexe. Tandis qu'il s'assoupissait, Sarah a contemplé les traits enfantins du jeune homme, étrangement tristes. Il est parti à l'aube et elle s'est aussitôt endormie, apaisée dans ce grand lit froissé et humide, au parfum ambré.

Depuis six mois, elle a tout fait pour ne pas se l'avouer. Lors des pots de fin de tournage ou des déplacements en province, elle veillait à ne pas s'attarder sur ses sourires, ses façons désarmantes d'évoquer un candidat, à mille lieues du cynisme dont tous se targuaient. Bosser pour des programmes aussi ineptes rendait con.

Matéo était différent. On aurait pu penser qu'il était tombé par hasard dans ce bain-là, à la température plutôt tiède, avant de repartir en quête d'un horizon plus juste. Sarah ne l'avait jamais interrogé, par peur d'être davantage séduite.

Sans doute Matéo a-t-il appris, au hasard d'une conversation, que Sarah est mariée, qui plus est mère d'un enfant en bas âge. S'il s'était montré trop pressé, certainement lui aurait-elle signifié son intention de ne pas chambouler sa vie. Mais Matéo n'avait jamais été bouillonnant ou insistant, il s'était contenté de l'observer pour l'apprivoiser en douceur.

Au petit déjeuner, il n'est pas là. Sarah rejoint Benji et Camille attablés devant leur café-tartines. L'ambiance est mortifère. Personne ne fait allusion à l'absence de leur collègue, aussi Sarah joue l'indifférence, soucieuse d'écarter tout ragot. Le repas plié, la fine équipe se met en quête de la salle des fêtes Guy-Hallet. Le bâtiment est situé en plein centre-ville de Reims, un parcours simple pour débuter la journée.

Comme dans *Men in Black*, les voilà chaussés de lunettes de soleil dont la seule utilité semble être de narguer la traîne sombre au-dessus de leur tête. Rue de la Croix-Cordier, tous trois avancent péniblement. Ce manque d'égard envers le quatrième larron s'avère préoccupant, mais Sarah ravale ses mots. À intervalles réguliers, elle se retourne. Matéo dort peut-être encore, elle l'appellera une fois sur place.

Bientôt se dessine le parvis où patiente une poignée de candidats qui leur adressent des signes enthousiastes. En atteignant la ligne d'arrivée, Sarah identifie Anthony qui se targue d'être le plus bel homme de France, en grande conversation avec Alexandre, prétendant être un vampire. Sarah salue ces aspirants à la célébrité avant de suggérer à ses collègues de faire de cette matinée une *petite révolution* : « Le temps que Matéo nous rejoigne, on les coache ensemble, pour les récupérer après en duo, ça vous convient ? » C'est cet instant que choisit Benji pour rompre le silence sépulcral. Avec une gravité pesée, il parle de *faire corps* ces prochains jours, compte tenu de la *situation*. « De quoi tu parles ? » demande Sarah, sur le qui-vive. « Je pensais que tu savais, rétorque Camille. Hier soir, après le dîner, Matéo a reçu un coup de fil. Il a dû prendre le train de 6 heures. Sa mère est morte.

12

Sarah

Quand la mère de Sarah est décédée, la jeune femme avait trente ans et s'apprêtait à accoucher. Sa première réaction fut de lui en vouloir. Elle aurait souhaité pouvoir encore demander des comptes à celle qui était partie trop de fois couvrir des événements dont on parlait à la télévision. En Iran, à la chute du shah, en Argentine au cours de la guerre des Malouines, ou encore en Ulster lors des attentats de l'IRA. Une fois, elle avait vu sa maman tendre un micro à un homme en proie au désespoir après le massacre de Sabra et Chatila. Fière, la petite Sarah n'avait pu s'empêcher de danser sur place, transportée par une joie brève à laquelle avait succédé un profond accablement. Malgré son âge, la fillette comprenait que ces faits étaient d'une rare importance, suffisamment du moins pour annihiler leur valeur à eux, père et fille, claquemurés dans leur trop calme appartement du XVe arrondissement. « Un jour, tu prendras conscience que le monde a davantage besoin d'elle que nous », expliquait alors Jean, le père de Sarah, afin de justifier l'absence d'Éliane. L'enfant devinait que son papa préférait inverser les pôles : ce n'était pas le monde qui la réclamait, mais bel et bien sa mère qui avait choisi de les fuir. Puis Éliane avait fini par prendre la poudre d'escampette. Sarah entra dans l'adolescence, et reléguа au placard l'appellation de papa. Jean ferait partie des *gens* comme les autres.

Des années plus tard, elle a fixé rendez-vous à sa mère dans une brasserie. Face à cette inconnue au visage flou, Sarah se tenait sur ses gardes. Elle n'avait pas envie de savoir qu'Éliane avait vécu cinq ans au Cambodge, où elle y avait eu un fils qui était resté là-bas. Depuis peu, elle avait rejoint la capitale pour *vivoter*, selon ses dires, travaillant pour d'obscurs programmes télévisés du câble dont Sarah n'avait jamais entendu parler. Finalement, seul ce lien les réunissait, même si le divertissement s'avérait moins glorieux que la géopolitique. Quand Éliane s'enquit de savoir si sa fille avait son propre appartement, Sarah se sentit pour la première fois heureuse de toujours loger, à vingt-trois ans, chez son père. Elle n'aurait pas su comment répondre à la demande maternelle sous-jacente de l'héberger, *histoire de dépanner*.

Lorsqu'elle tomba enceinte six ans plus tard, la peur l'envahit. Jusqu'ici, ses petits jeux du chat et de la souris avec sa plaquette de Minidril avaient renforcé à tort son sentiment d'être stérile. À aucun moment cette idée ne lui avait semblé triste, car le désir d'enfanter ne s'était jamais manifesté en elle. Sa grossesse était bel et bien à imputer au hasard. Elle essaya en vain de joindre sa mère. Encore une fois, elle manquerait à l'appel.

Les mois passèrent et Sarah s'inquiéta. À force d'insister, un type à l'accent asiatique finit par décrocher : Éliane se trouvait au Cambodge et était malade. Malgré l'interdiction de Marin de laisser sa femme enceinte jusqu'au cou s'envoler pour l'Asie, Sarah lui tint tête. La veille de son départ, le même homme téléphona. La conversation fut brève : le corps de sa mère allait être rapatrié en France. À cette annonce, Sarah perdit les eaux. Le travail ne faisait que commencer.

13

Justine

Justine Roy inspecte la façade du n° 57 de la rue Daguerre. Aux fenêtres de son ancien appartement pendent de lourds rideaux. Quand elle y vivait, aucun voile ne devait rétrécir le quotidien. Marin en devenait fou : son *amoureuse* se promènerait donc nue et le voisinage pourrait en profiter ! Mais il pouvait bien revendiquer ses draperies, ses volets ou ses stores, tant que le couple vivrait ensemble, il n'y en aurait pas. Déambulant dans la rue, Justine prend la température de son ancien quartier, le jouet en poche. Primeur, caviste et fleuriste, tant de visages ont changé. *Aujourd'hui, où peut bien résider Marin ? Il n'a pas pu retourner dans l'Oise. Impossible.*

À la place de la mercerie, un Body Minute s'est implanté. Une certaine Joyce, plantée sur le perron de son institut de beauté, lui propose même d'entrer : « Sachez, mademoiselle, que nous offrons à notre clientèle privilégiée un forfait demi-jambes, modelage, le tout pour soixante-dix-neuf euros. » Justine Roy ne se fait pas prier pour suivre cette femme élégante dans un couloir bleu ciel menant à une pièce minuscule et étouffante. « Notre *patio* », affirme l'esthéticienne dans une moue de dépit. D'un sourire, l'actrice se déshabille.

À plat ventre sur la table, elle écoute Joyce lui promettre monts et merveilles. « Si vous saviez combien mes petites mains sont recherchées par de grands artistes comme vous, *Clémence Boltéreau* » (la comédienne a dû répéter deux fois sa nouvelle identité avant que Joyce s'exclame : « *Clémence Boltéreau*, bien entendu. On croise tellement de beau monde dans notre quartier ! »). La spécialiste de la beauté admire le corps voluptueux de sa cliente : « Avec votre air sauvage, cette chevelure ondulée, les hommes doivent en perdre la tête ! » Emportée, Justine Roy raconte le rôle qui l'attend dans cette pièce, bientôt à l'affiche : *Sanctuaire*. Une consécration. Ces pieux mensonges lui font du bien. Ses petits pas de côté avec la réalité aussi. Une citation de Faulkner lui monte aux lèvres. « Le temps n'est pas une si mauvaise chose après tout. Employez-le comme il faut et vous arrivez à étirer n'importe quoi, comme un élastique, jusqu'à ce que ça craque d'un bout ou de l'autre. »

14

Marin

1983.

L'année de ses quinze ans, Marin a décrété que sa mère était irritante comme l'ortie. Elle passait son temps à le harceler pour s'assurer qu'il ne moucharderait pas sa liaison avec le voisin. Au salon, elle avalait les séries. Kelly trompait Joe et Phyllis couchait avec Jack. Et lui, devait-il dénoncer Rémi Delvaux au père ou taire les coucheries de *la vieille* ? Car maintenant, il ne se gênait pas pour la traiter de cette façon. Il a joué à pile ou face. Le verdict de la pièce a été clair, il devait fermer sa gueule. Soulagé quand même. L'histoire ne s'ébruiterait pas et le fils Delvaux ne le cognerait pas plus que de raison.

Un soir, sa mère cracha le morceau. Ce qu'il avait vu en rentrant de la forêt d'Halatte, cet après-midi-là, n'était que le sommet de l'iceberg. Devant son mari, minable magasinier chez Carrefour, elle mentait en actrice de seconde zone, la robe bien rabaissée pour ne pas avouer qu'elle l'avait retroussée ailleurs. De son côté, le père ânonnait de belles conneries comme « Notre *pauvre loup* est bel et bien mort pour la France », avant de se servir un Ricard devant son Pernaut du 13 heures. L'affaire avec le voisin aurait même pu passer au journal, un fait divers comme un autre.

Un matin, l'adolescent a débarrassé l'abri de jardin et y a entreposé un matelas, sa platine, un étui pour sa pièce fétiche, une poignée de disques et de livres. À côté des *Cinq leçons sur la psychanalyse*, glané à la bibliothèque de Senlis, *Le Règne animal* trônait en maître. Chaque soir, sa mère lui déposait son dîner sur le seuil de l'abri et revenait chercher le plateau après le film. La fixant, Marin lançait sa pièce. À dix-huit ans, il mit les voiles. Direction Paris.

Ne rien devoir à ses parents a été un prérequis. Sa chambre de neuf mètres carrés, située sur les Maréchaux, il l'a payée grâce à son maigre salaire. En attendant d'exercer, il triait des articles de presse pour plusieurs quotidiens. Des jobs d'appoint qui lui rapportaient de quoi régler l'électricité, ses courses et ses cafés. Pour le reste, il comptait sur les APL.

Ses deux premières années à la Sorbonne l'ont conforté dans son désir de devenir psychologue clinicien. Beaucoup de ses camarades visaient la profession de psychanalyste, mais se plier à une longue analyse a d'office été écarté par Marin. Il a suffisamment arpenté les terres de son enfance. En psycho, on enseignait Freud, Lacan, Pontalis et Ionescu. On parlait de la résilience. Jean-Pierre Pernaut et son *13 heures* pouvaient aller se rhabiller.

Lors de ses temps libres, il s'installait au Bouquet pour lire Faulkner. Un avenir à construire. Comme un étendard, sa panoplie sera désormais la marinière. Un jour, il habitera ce coin du XIVe arrondissement. Son appartement se trouvera rue Daguerre. Il épousera une femme belle et fiable. Afin de vivre en confiance, surveiller ses arrières sera vital.

15

Justine

Justine Roy se sent parfaitement bien. Depuis sa sortie de Body Minute, ses doutes se sont envolés. L'agence Zoom n'a jamais existé, son avenir s'avère radieux. Peau bien hydratée et traits détendus, la comédienne sourit à cet étudiant au regard prometteur, à ce toutou à manteau, et à cet imprésario caché derrière ses verres opaques. Un parcours hors champ baigné de lumière jusqu'à ce que la réalité surgisse au détour d'une rue. Marin.

Engoncé dans une marinière trop serrée, il fixe le portail d'une école primaire. Ses cheveux sont toujours bouclés, mais il est dégarni aux tempes. Son ventre s'est arrondi. Il affiche le même air distant que lors de leur rencontre, dans cet appartement du VIIe arrondissement. Justine avait vingt ans.

16

Marin

1990.

On dirait que le gratin s'est donné rendez-vous dans cet appartement cossu de l'avenue de Suffren. Marin n'a jamais mis les pieds dans le VIIe arrondissement, un quartier de bourges. Il est arrivé ici par capillarité, étant une connaissance d'Amir, son camarade en psychologie du travail. Ce soir, on fête les vingt-deux ans de Matthieu Valmy. Torse-poil, cet abruti gueule sa fraîche intégration au Cours Florent et son amour pour une certaine Justine Roy. Marin veut déjà détaler de ce logement aux moulures dégueulasses et rapatrier Le Bouquet pour y achever un roman de Faulkner qui le hante, *Sanctuaire*. En attendant, il se fraie un chemin jusqu'au balcon filant.

Son étude de la faune parisienne est écourtée, car une jeune femme au teint mat approche. Avec sa minijupe en cuir, ses épaisses boucles noires et son nez légèrement busqué, il l'avait déjà détectée près des platines. Plusieurs types ont essayé de l'aborder, mais ils se sont pris un vent royal. D'un air supérieur, Marin lance sa pièce fétiche. « Est-ce que je peux jouer avec toi ? Face, je gagne. Pile, tu perds », le taquine cette brune en tentant de lui voler son grigri. À cause de l'odeur acidulée de la fille, presque aussi grande que lui, Marin plonge. Quand elle évoque le prix Olga-Horstig, les ateliers du Sudden de Raymond Acquaviva et la classe libre du Cours Florent, il garde le silence. Il pourrait dégainer psychologie cognitive, psychotropes et addictions mais opte pour le roman de Faulkner. « Une lente descente aux enfers, car Temple Blake ne s'en sort pas. Elle finit complètement avilie. Je te le ferai lire. » « Et qui l'avilit ? » articule l'apprentie comédienne comme pour un bel exercice de diction. Marin raconte des choses immédiates. « Un sale type qui s'appelle Popeye, moi, je m'appelle Marin et je suis aussi un salopard. Un loup des villes. » Elle lui effleure la main. « Un Marin en marinière, c'est redondant tout ça. Moi, c'est Justine. Actrice. On me verra bientôt dans une série. » La forte attirance de Marin se meut en écœurement. Cette fille est bien plus belle que toutes les Shannon, Donna et Brenda réunies. Il ressent l'envie d'écarter la faille. Retourner sa peau comme un lapin. En arrière-fond, un refrain de Benny B. *Oh, la, la, la.* Marin murmure à l'oreille de sa belle le prélude de leur amour. Une citation de Lacan. *Je te demande de me refuser ce que je t'offre parce que ce n'est pas ça.*

17

Justine

Jeudi 8 avril. 15 heures - 16 h 50
Quartier Daguerre – Paris XIVe arrondissement

Justine Roy a effectué le même parcours que le jour précédent : primeur, fleuriste, institut de beauté pour se retrouver, dès 16 h 15, à vingt mètres de l'école Boulard. Cachée derrière un platane (sa guérite), elle est en faction. Marin n'est nulle part.

Sonnerie. Les enfants se ruent sur le trottoir. Le blondinet repéré la veille (1,20 mètre environ, cheveux paille) joue avec une certaine Lila que sa mère s'évertue à interpeller : « Lila, ne t'approche pas trop de la route, Lila, prends ton goûter, Lila, ne frappe pas ton camarade. »

À 16 h 40, Marin arrive. Justine Roy observe la main tendue de son homme vers la mère de Lila. « Je suis en retard, merci, Bénédicte, d'avoir récupéré le petit. » L'actrice lit sur les lèvres. Improvise.

Marin et l'enfant quittent la scène. Fin de l'observation.

18

Justine

Vendredi 9 avril. 15 heures - 16 h 50
Quartier Daguerre – Paris XIVe arrondissement

Elle a effectué des recherches. Le groupe scolaire Boulard est doté d'une cantine jouxtant un double préau dont la capacité d'accueil est de cent quatre-vingt-six élèves.

Il est 16 h 35. Marin a bien récupéré le blondinet, mais scrute à présent la rue. Au loin approche une blonde un peu surfaite (1,60 mètre, allure mince, imperméable Sézane, lunettes noires). L'actrice la met en joue. Arrivée au niveau du garçonnet, ladite femme caresse négligemment les bouclettes enfantines, avant de consulter un message sur son portable. Elle parlemente avec Marin. L'embrasse sur la bouche, déserte la place. Marin aura donc choisi la plus insignifiante d'entre toutes.

19

Sarah

Le premier message de Matéo tombe le lendemain du retour de Sarah. Elle vient d'arriver à l'école quand son portable vibre. À la vue du prénom affiché sur l'écran, la jeune mère a un mouvement de recul. Jusqu'ici, elle s'est appliquée à rayer l'ébéniste de sa mémoire, mais la réalité refait surface. Au prétexte d'une migraine, elle laisse Marin accompagner le gosse au manège. *Ce qui s'est passé avec Matéo n'est qu'un accident de parcours, ma famille est le principal, sans parler de tous ces efforts pour lâcher mes amours instables.* Ces mots, Sarah se les répète comme un mantra en gagnant l'appartement.

Depuis son retour de Reims, elle n'a pas cherché à prendre des nouvelles. A même évité de déjeuner avec ses collègues, car la conversation aurait porté sur Matéo. Ce n'est pourtant pas la première fois qu'elle trompe Marin. Un an après leur rencontre, elle avait couché avec d'autres hommes et, après la naissance de Germain, elle avait connu quelques aventures avant de finir par *se ranger*. Marin n'en avait rien su, il n'aurait pas compris. D'ailleurs, il n'y avait pas grand-chose à analyser si ce n'est qu'enveloppée dans des bras inconnus, la sensation d'être au plus près d'elle-même la berçait pour quelques heures.

À peine entrée dans l'appartement, Sarah se sent à l'étroit derrière les rideaux rabattus. Elle fait couler un bain, allume des bougies. La lumière tamisée la calme, elle dégrafe son soutien-gorge, ôte sa culotte. Tandis qu'elle se laisse glisser dans l'eau tiède, lui reviennent les mains de Matéo sur son corps, sa façon de patiner sa peau comme s'il travaillait du bois. Ses doigts tâtonnent le rebord du lavabo, elle attrape son téléphone. Inspire. Appelle. À la troisième sonnerie, Matéo décroche. « Je peux venir, souffle Sarah, il faut juste que je m'arrange. » Peignant ses cheveux mouillés, elle imagine se faire belle pour lui, avant de réaliser l'absurdité de ses pensées. L'enterrement a eu lieu aujourd'hui, elle a surpris Benji et Camille en parler la veille. Pourquoi ne pas avoir envoyé une pensée alors que tout, depuis Reims jusqu'au vent frais du matin, lui rappelle la douceur de Matéo ? Machinalement, elle touche son ventre. Se souvient qu'elle était dans son bain quand le Cambodgien lui avait appris la mort de sa mère. À cette annonce, elle avait perdu les eaux. La sensation de se noyer est depuis restée. « Où es-tu ? » demande-t-elle en se redressant. « Saint-Flour, répond Matéo. Je ne pense pas revenir sur Paris. Je vais lâcher le casting. » Il évoque l'enterrement, toutes ces photos placées dans des cadres, cette grande malle avec des vêtements bohèmes pour que chacun se serve, et l'air adoré de sa mère, *Santiago,* qu'il a joué à la guitare. « Il n'y a pas à se presser, murmure-t-il, l'existence peut être douce si on s'abandonne. »

Le timbre juvénile de Matéo se confond avec celui de Germain qui chantonne dans le couloir. Avec son père, ils viennent de rentrer du manège. « Mon fils est là, bruisse Sarah en s'extrayant du bain. J'ai besoin que tu me laisses un peu de temps. Et on verra si la vie nous réserve un peu de sa douceur. »

20

Sarah

Sarah discerne parfois la noirceur de Marin au détour d'un regard un peu braque. Quand elle le surprend en train de l'épier, il détourne aussitôt les yeux pour évoquer la cuisine ou le ménage. Ensuite, il plie le linge, vérifie les rideaux. Contrôler est vital. S'il est avare de confidence, son époux sait pourtant la susciter chez les autres. Quand il en vient à parler d'untel ou d'unetelle, Sarah s'aperçoit combien Marin connaît davantage celles et ceux qu'elle pensait connaître au cœur. Même Romane s'était épanchée auprès de lui sur des épisodes intimes de sa vie, elle l'avait confié à Sarah qui n'avait pu s'empêcher d'en éprouver en retour un brin de jalousie. De son côté, Marin cloisonnait tout. Le sujet des parents était tabou, jamais il n'avait proposé une rencontre. Au début, cela ne la dérangeait pas : des *bouseux de l'Oise, sans façon*. Avec le temps, pensait-elle, son compagnon en viendrait à s'ouvrir, mais cela n'arriva pas, ou par touches superficielles. Somme toute, l'affaire ne lui semblait pas très importante, car elle estimait avoir glané suffisamment d'informations pour se faire une idée de l'enfance de Marin. À la naissance de Germain, elle a commencé à lui reprocher cette mise à l'écart. Comme pour la punir, ont surgi des remarques animalières visant toutes à la rabaisser dans son rôle de mère. Auparavant, il ne lui avait jamais lancé de telles piques.

Hier soir, en lui ôtant son verre, il l'a fait asseoir au salon, une autre de ses manies au cours desquelles Sarah éprouvait l'ascendance de Marin sur elle. Il a lissé le tissu de la méridienne, puis est parti chercher une éponge. Sur le coussin de droite, il a frotté une ancienne tache avant de lui demander si elle connaissait la spécificité du *cuculus canorus*. « L'obsession de la femelle coucou, a-t-il expliqué avec une douceur suspecte, est de repérer le nid d'un oiseau pour y déposer son œuf. C'est du parasitisme de couvée. » S'asseyant près d'elle, il a esquissé un geste tendre. Sa main a glissé sur la cuisse de sa femme. « Tu me fais penser à elle. Une femme coucou. »

21

Justine

Vendredi 16 avril. 15 heures - 17 h 30
Quartier Daguerre – Paris XIVe arrondissement

Cette semaine, seule la blonde a fait le planton à la sortie de l'école, de sorte que Justine Roy s'en est inquiétée. Mais aujourd'hui, Marin est là. Se retrouver en couple le vendredi doit faire partie de leurs petits arrangements.

Les trois se mettent en marche, l'actrice les talonne. Observant le tableau (main du garçonnet flanquée dans celle de Marin et maigrichonne accrochée à son portable), Justine se souvient d'une course-poursuite avec Marin. Ce jour-là, le *jouet* était entre les mains de son amoureux, ils s'étaient pourchassés jusqu'à se retrancher derrière cette porte cochère. Sous l'œil des agents de police, il avait fallu se rhabiller. *Une autre vie tout ça, tant de fois je me le suis répété.*

À quelques mètres, la famille franchit le passage clouté. Justine détaille la démarche tranquille, la banale avancée sur le parvis, l'arrêt prévisible au manège. L'enfant grimpe sur un âne, la clochette tinte. Un sentiment d'irréalité envahit Justine. *Promesse avait été faite, yeux dans les yeux, le serment de ne jamais abandonner la partie. Quand viendra le moment de l'échange, Marin, tu récupéreras le jouet.* À toutes jambes, elle rejoint la rue Boulard.

Devant le portail de l'école, un grand panneau répertorie une myriade d'informations. La cantine, les vacances scolaires, le centre aéré. À gauche, les petites annonces du quartier. L'une attire le regard de Justine.

22

Justine

Samedi 17 avril. 14 h 30
7, impasse Nansouty – Paris XIVe arrondissement

M. et Mme Anselme examinent la comédienne de pied en cap : son curriculum vitæ n'est pas suffisant. Justine Roy dégaine sa nièce dont elle s'occupe et qui affiche, heureux hasard, l'âge de leur fille. C'est pour cette raison qu'elle a sélectionné leur annonce plutôt qu'une autre sur le grand panneau de l'école Boulard. *Recherche femme sérieuse pour s'occuper de notre petite Zoé. Six ans. Horaires : 16 h 30 - 19 h 30.*

Zoé, la turbulente fillette en question, semble davantage conquise que ses parents. Depuis l'arrivée de cette femme aux si beaux cheveux bouclés, elle la couvre de bisous. Telle une magicienne, l'actrice montre le jouet à la petite rouquine qui s'en empare d'un cri strident. « Grâce à lui, Zoé, te voilà la reine du monde. Allez, demande-moi ce que tu veux ! » Sur ordre de l'enfant, Justine se lève pour pousser la chansonnette. *Pomme de reinette et pomme d'api. Tapis tapis rouge. Cache ton poing derrière ton dos ou je te donne un coup de marteau.* Le couple Anselme échange un regard surpris avant de mettre un terme à l'entretien. La petite fond en larmes. Il faut dire que la nounou a récupéré le jouet et campe dans le couloir, prête à disparaître. Mme Anselme se déclare abasourdie par les hurlements de sa fille. À son grand dam, la mouflette n'a jamais porté un intérêt aussi manifeste pour une nourrice. « On dirait qu'elle vous aime bien, *Clémence* », en conclut-elle, un brin désolée (car oui, Justine a encore emprunté l'identité de la comédienne Clémence Boltéreau). C'est alors que le père de famille tape dans ses mains, car sa décision vient de tomber : trouver une baby-sitter en plein mois d'avril est une véritable gageure, et cette femme fera bien l'affaire ! La clef de l'appartement des Anselme lui est aussitôt remise ainsi qu'une feuille A4 bardée de recommandations. « Nous sommes un peu à cheval sur l'éducation, et avons donc établi ce programme », se justifie le patriarche en entraînant à nouveau la nounou sur leur lieu de vie. La gamine sur les talons, Justine fait cette fois un véritable tour du propriétaire. Au salon est décidé qu'elle sera embauchée à l'essai dès lundi. Au noir naturellement, afin d'éviter les complications.

23

Sarah

Les échanges avec Matéo sont devenus quotidiens. Sarah s'enferme dans la salle du rez-de-chaussée dévolue à l'accueil des candidats ou s'éclipse du studio. Téléphone à l'oreille, elle déambule dans les allées grises des EMGP – Entrepôts des magasins généraux de Paris. Elle aime la voix chantante du jeune homme et son enthousiasme communicatif.

Matéo a démissionné. Il a mis Sarah au courant du projet de sa sœur : créer un gîte dans la maison maternelle de Saint-Flour. Ces semaines ont été l'occasion pour la fratrie de trier leurs souvenirs, des cartons plein les mains. Écouter leur grande sœur exposer avec un bel aplomb son projet a éveillé chez les deux frères l'envie de se lancer en famille. « J'ai l'impression d'être à un tournant de ma vie ! Tu vois, ce sera l'occasion de faire revivre les lieux et donner du sens à la mort de ma mère. » Il dit ressentir l'urgence de faire quelque chose de *vrai* de son existence. Sarah aime cette jeunesse revigorante et l'interroge pour savoir comment il compte s'y prendre. « C'est simple, on s'occupera avec mon frère de la cuisine tandis que ma grande sœur veillera au grain. Moi, j'aurai mon propre coin dans le bâtiment principal, où il y a de quoi bricoler un appartement de quatre-vingt-dix mètres carrés à l'étage. Et puis, si tu n'aimes pas l'idée, on ira aux Ternes, à dix minutes en voiture, un corps de ferme est en vente depuis l'année dernière. » *C'est la première fois que Matéo parle de vivre ensemble*, pense Sarah, les joues rosies. Elle se rappelle la passion qui l'animait avant sa rencontre avec Marin. À cette époque, sa vie sentimentale était certes chaotique, elle s'en plaignait souvent à Romane, mais n'était-elle pas plus vivante ? Au cœur d'elle-même. « T'as déjà trait une vache ? » demande soudain Matéo à Sarah qui ne peut s'empêcher de le railler gentiment. *Lui et moi, à la campagne, l'image n'est-elle pas un peu trop cotonneuse ?*

Sans s'en rendre compte, la jeune femme est revenue sur ses pas et déjà une dizaine de candidats patientent devant le studio. Face à son cheptel du jour, la casteuse prend conscience que jamais Matéo ne l'a questionnée sur l'enfant et l'homme avec qui elle vit depuis neuf ans. Tous deux font comme s'ils n'existaient pas.

Le reste de la journée, Sarah se persuade que tout va bien. Accueillir ce qui vient, inhaler un parfum frivole qu'on n'a plus respiré depuis longtemps ne sont pas condamnables. Recevoir des appels n'a jamais constitué une faute. Il n'y a rien à choisir ou à écarter. Un beau mouvement d'insouciance.

24

Justine

Lundi 19 avril. 16 h 30 - 19 h 30
Quartier Daguerre – Paris XIVe arrondissement

Zoé se jette avec sauvagerie sur sa baby-sitter. En retour, celle-ci lui caresse sa tignasse avant de tendre la main vers le professeur des écoles : « Je me présente, *Clémence Boltéreau*, nounou des Anselme. » L'enseignant garde plus que de raison la paume de Justine dans la sienne : « Étienne Langevin. J'ai été prévenu ce matin par Sabine de votre venue. Ainsi vous êtes comédienne. » Un sourire aux lèvres, il entreprend de parler de la capacité exceptionnelle de Zoé à mobiliser les outils adéquats pour structurer sa pensée. Mais déjà sur la droite pointe la cible de Justine Roy : la blonde en imperméable Sézane. Quand cette dernière met le cap vers Denfert-Rochereau, son garçonnet à la main, l'actrice les suit du regard. « Pardonnez-moi, Étienne, mais n'y aurait-il pas, par le plus grand des hasards, un manège dans les environs ? » Voir Langevin tendre l'index vers la direction empruntée par la mère et son fils est une douce perspective.

Justine Roy et la fillette marchent à leur suite. La menotte lovée dans celle de sa nounou, Zoé liste avec application ses camarades. « Tu as de la chance d'avoir autant d'amis, réplique Justine, car moi, je n'en ai aucun. Je vais te dire un secret : mon amoureux s'appelle Marin. » À cette révélation, la petite glousse en faisant tourner le jouet dans sa main. « *Clémence*, maintenant, tu dois faire le lion, c'est ton défi ! » hurle-t-elle à plein poumon. Entendre les rugissements de sa baby-sitter la comble de joie.

Arrivée au manège, Justine achète un carnet de tickets. La clochette tinte, le carrousel se met en branle. L'enfant aux mèches claires se tient dans un camion situé derrière la petite rousse, avalée dans une pieuvre. Ils tourbillonnent avec ravissement.

Encore greffée à son téléphone, la blonde fait les cent pas. *Il ne s'agit pas de faire n'importe quoi. Le mieux serait que cette bêtasse vienne à moi. Oui, c'est ça. Elle se jettera dans mes bras.*

25

Justine

Mardi 20 avril. 16 h 30 - 17 h 00
Quartier Daguerre – Paris XIVe arrondissement

Le parcours est identique. Prélèvement de Zoé à Boulard, discussion avec Langevin et cap sur Denfert-Rochereau. Aujourd'hui, la blonde et son fils traînent. Quand ils entrent dans une boulangerie, Justine Roy et sa petite les dépassent. La baby-sitter lui a bien proposé un croissant, mais la fillette s'est cabrée. Le père Anselme n'a pas tort, la gamine est féroce. Depuis la veille, Zoé ne pense qu'au manège et à sa nounou, et elle le répète à foison : « Avec ma meilleure amie *Clémence*, on retourne au manège ! » Justine Roy en reste sans voix. Cinq minutes plus tard, Zoé est déjà installée dans un hélicoptère quand le blondinet accourt, un pain au chocolat en main. Justine s'avance vers lui. S'agenouille. Respire les bouclettes.

26

Sarah

Devant l'école, Sarah sourit. Portable à l'oreille, elle s'imagine en gérante de gîte. Elle aurait des lapins, quelques poules, et, pourquoi pas, des vaches pour les fromages. Elle se voit étendue dans un hamac, pelotonnée contre Matéo. Dans ce décor bucolique, il n'est question ni de son fils ni de Marin, les castings se sont envolés, sa vie soufflée par un grand vent. Matéo n'exige rien, et parle des tris qu'il continue à opérer dans la maison, de leur désir un peu dingue de s'installer en famille pour tenter l'aventure. Il évoque leurs veillées donnant au salon une allure de camp de scouts. Sarah ravale ses mots, mais déjà Germain est là. Scotché. Il réclame un pain au chocolat. De la main, elle le repousse, s'excuse auprès de Matéo de devoir mettre un terme à leur conversation même si elle n'en fait rien. Téléphone plaqué à l'oreille, elle entraîne le petit à la boulangerie. « Je vais encore l'emmener au manège, raconte-t-elle en ressortant du Fournil de Pierre. Depuis la nuit des temps, le but est d'attraper le pompon, mais il peine à y parvenir ! » Mère et fils traversent la rue, Germain s'élance sur le parvis tandis que Sarah, accrochée au souffle de Matéo, évoque ses envies enfouies. Mener une existence plus folle, moins tendue par les obligations. « Prendre le temps de prendre son temps », comme dirait Philippe Noiret dans *Alexandre le bienheureux*. Quand Matéo lui confie penser à elle jour et nuit, la jeune femme n'ose pas lui avouer que, pour l'heure, entendre sa voix lui suffit. Les yeux au ciel, elle s'enivre d'air frais. Le soleil de cette fin avril baigne ses joues, elle imagine un champ à perte de vue plutôt qu'un embouteillage. Un cri rêche. Au sol, une pie. Elle paraît blessée, prête à attaquer. Les mains de Sarah se crispent, elle sonde le parvis. Se met à courir en tous sens. « Germain ! » Elle n'entend pas Matéo qui s'inquiète à son tour. Tremblante, elle inspecte la place. « Germain ! » Elle appelle encore, sonde avec épouvante le ballet crasseux des moteurs sur l'avenue du Général-Leclerc. Interpelle des passants, interroge à nouveau la route, des sanglots plein la gorge. La musique du manège devient assourdissante, elle approche. Haletante. S'arrête net. Son enfant est juché en l'air dans un hélicoptère bleu. Sa main est tendue pour le pompon. À côté de lui se trouve une petite rousse au menton pointu.

27

Pascal Hernandez

L'inspecteur fixe Sarah Plasky. Elle paraît retranchée à des kilomètres de ce bureau inhospitalier.

– Avez-vous des informations dont vous ne pouvez pas me parler ? Quelqu'un exerce-t-il sur vous des pressions ?

N'obtenant d'elle qu'un vague signe de tête, Pascal Hernandez relève ses petites lunettes pour considérer celle qui lui fait face. Sans ses loupes, la vision du policier est un peu floue, mais il pense mieux cerner la jeune femme ainsi.

– Vous pensez que je n'ai pas l'intelligence aussi aiguisée que celle de votre mari, c'est ça ? Pinot restera toujours un simple flic.

Sarah paraît surprise. Elle se redresse sur sa chaise.

– Ce n'est pas ça. Si je vous explique, vous n'y comprendrez rien.

– Essayez tout de même.

Le regard de Sarah balaie le bureau exigu pour venir s'établir sur un poster placardé au mur. *La police nationale recrute.*

– Vous connaissez la pratique du coucou gris, inspecteur ? »

– II –

28

Justine

Mardi 20 avril. 17 h 10 - 17 h 35
Parvis de Denfert-Rochereau
– Paris XIVe arrondissement

– Le gérant ne voulait pas le laisser monter car il n'avait pas de ticket. Il *couinait*. Comme j'ai pris un carnet pour Zoé, je n'allais pas laisser le petit au pied du plateau.

La blonde questionne le parvis d'un air hagard.

– Quel plateau ? demande-t-elle en écho.

Justine Roy donne un coup de basket sur la plateforme tournante. La pâlichonne semble reprendre ses esprits.

– Qui est Zoé ?

– La rouquine avec lui dans l'hélicoptère. Je m'occupe d'elle. Avec votre fils, ils sont dans la même école, car il s'agit bien de votre fils, n'est-ce pas ?

Regards indécis.

– Il est votre portrait craché, affirme la comédienne. Je m'appelle *Clémence*.

– Moi, c'est Sarah. J'étais au téléphone quand j'ai réalisé que Germain avait disparu.

– Germain ? reprend Justine Roy en entraînant sa prise vers le banc.

Dans un parfum fleuri mâtiné de musc, la femme incolore extirpe son mobile avant de bredouiller : « Il a raccroché. » L'actrice en profite pour évoquer l'intranquillité des mères, cette peur collant aux basques jusqu'à la mort. « Un véritable bagne », ajoute-t-elle, heureuse de voir cette blondasse esquisser un sourire.

– Au fait, Germain a quel âge ?

– Sept ans. Il est en CP. Et vous, quel âge a votre fille ?

– Vous n'avez pas compris. Je suis sa nounou. Un job d'appoint. Cela m'arrange car je suis en répétition.

D'un geste mutin, Justine Roy attrape une mèche. Joue à la faire tournoyer en affirmant être occupée par un texte majeur, le roman *Sanctuaire* de Faulkner, adapté pour la scène. Chance, elle y a décroché le rôle phare : Temple Drake. C'est amusant car elle l'avait campé il y a longtemps, *une autre vie tout ça*, mais le regard de Sarah fuit pour rejoindre le petit hélicoptère bleu. Quand le manège stoppe, la nounou se lève pour apporter aux enfants d'autres tickets. À son retour, la mère sort son porte-monnaie et se heurte au refus catégorique de l'actrice : « Entre voisines, c'est un cadeau qui se fait, non ? » Redevable, l'autre propose un rendez-vous dès le lendemain. « Cette fois, *Clémence*, je paierai les tours, et il n'y aura pas à discuter. »

29

Sarah

Le mardi, c'est squash et Marin rentre plus tard. L'organisation sur le fil génère des tensions, mais ce soir, la maison est rangée et le petit nourri-lavé-couché.

À 21 heures, son époux glisse la clef dans la serrure. Depuis la cuisine, Sarah l'entend se déchausser et ôter son manteau avant de venir la trouver. Sourcils froncés, il baisse la puissance de chauffe sous la casserole et s'empare d'une fourchette pour vérifier la cuisson des pâtes qu'il apprécie *al dente*. Sarah se sent coupable. Heureusement, son fils ne s'est rendu compte de rien, il ne l'a pas vue courir à perdre haleine sur le parvis. Une vraie folle. « Qu'est-ce que tu as fait » ? demande soudain Marin. Sarah sursaute. Elle entreprend de fouiller dans le placard et met la main sur une bouteille de sancerre. Son verre servi, elle raconte par le menu sa journée. Rappeler les candidats et coordonner les plannings en vue du casting. « Mon prochain déplacement tombera dans trois semaines, il y a tout à organiser », explique-t-elle à Marin qui l'invite à passer au salon. Installée sur la méridienne, elle observe son mari déposer sur la table basse un bol de cacahuètes et un sous-bock sonnant comme une mise en garde. Sarah plonge le nez dans son verre avant de poursuivre. La prod prévoit de construire un passage secret au sein duquel les candidats apprendront leur élimination. Certains pourront entrer à l'insu des autres et observer le salon à travers une vitre. Ils se livreront face caméra dans un confessionnal. « C'est bien pensé, n'est-ce pas ? » demande-t-elle à Marin qui s'est lancé dans la grande répartition du linge propre. « Une petite chose me tracasse, annonce-t-il au bout d'un moment. En quoi un confessionnal ouvert à tous serait-il *bien pensé* ? » Mâchant ses cacahuètes, Sarah s'applique de son mieux avant de finir par se taire. Sans crier gare, Marin lui ôte son verre à moitié plein et repart à la cuisine. Deux minutes plus tard, il en revient avec deux assiettes de pâtes qu'il dépose sur la table.

Tous deux mangent en silence jusqu'à ce que Marin finisse par exposer l'objet de son tourment. Après le suicide d'une salariée, trois employés ont demandé un suivi personnalisé et la direction de l'entreprise exige un rapport. « Tu l'admettras, Sarah, la vérité ne peut surgir que dans la confrontation à l'altérité. Rien à voir avec ton confessionnal débile. » Elle se mord les lèvres. « Ton prochain casting, c'est à Tombouctou ou à Pétaouchnock ? » ricane-t-il. « Saint-Flour », répond-elle d'une voix blanche.

30

Sarah

Depuis le banc, Sarah fixe l'hélicoptère bleu. Elle a bien examiné la feuille listant les quatorze recommandations des Anselme et l'a déchirée en confettis. « *Clémence*, si ce couple de tortionnaires vous cherche des noises, vous direz que c'est Sarah Plasky qui vous a enjoint de ne rien faire. Pour peu, ils vous indiqueraient à quelle heure Zoé doit faire sa crotte ! » Sans se l'expliquer, elle apprécie cette femme. « J'ai l'impression que l'on partage beaucoup même si l'on vient de se rencontrer », lui a confié Sarah en cette fin d'après-midi. Lorsque le carrousel s'arrête, *Clémence* rejoint les enfants tandis que Sarah reste assise. Elle admire le tableau : Zoé enlaçant sa nounou et Germain caressant les longs cheveux de jais. S'occuper des petits ne semble demander aucun effort à la baby-sitter. En retour, les enfants l'aiment naturellement.

Tout à l'heure, *Clémence* lui a raconté que l'instituteur l'avait invitée à déjeuner. Sarah le comprend : comment rester insensible à une telle beauté sauvage ? Son nez n'est certes pas parfait, mais sa forme un peu camuse lui donne du caractère. *Sa chevelure sombre est ondoyante à l'inverse de mes cheveux paille, c'est fou, nous sommes les opposées*, constate la jeune mère, en balayant du regard la poitrine plantureuse puis les longues jambes de la comédienne. Le téléphone de Sarah vibre, elle s'éloigne du manège. Matéo veut savoir où elle se trouve alors elle évoque son enivrement agréable. « Si tu nous voyais, on regarde les enfants tournoyer ! » Son amant demande si elle se trouve *avec lui*. C'est la première fois que plane entre eux l'ombre de Marin. Matéo et Marin, deux prénoms à l'amorce identique. Dans le cabinet de Félix-Faure, son psy se serait régalé de telles similitudes, mais aujourd'hui, s'il venait à l'apprendre, sa colère serait monstrueuse. Quand Matéo lui annonce que leur chambre est bientôt prête, elle fixe Germain dans son petit camion. Elle voudrait le voir disparaître.

31

Justine

Mercredi 21 avril. 17 h 10 - 18 h 15
57, rue Daguerre – Paris XIVe arrondissement
– Domicile de Sarah et Marin

Il est étonnant que ma bibliothèque Billy ait résisté aux assauts du temps, constate Justine en se carrant dans la méridienne jaune canari. *Et ce sofa est peut-être le même, recouvert d'une autre housse.* Depuis son arrivée à l'appartement, elle promène son regard sur les murs crème. À la place de ses anciens clichés pris depuis la Grande Roue se trouvent des photographies de famille ainsi qu'une affiche de *Pierrot le fou.* Justine Roy ne se souvient pas de l'attrait de son amoureux pour les films de Godard. C'est donc le goût de la blonde. Celle à l'écœurant parfum fleuri. Celle dont le claquement des talons sur le parquet lui est insupportable.

Après le carrousel, Sarah a tenu à lui offrir le thé. « Nous avons deux heures avant le retour de mon mari », a-t-elle gloussé en garrottant son bras. La première réaction de l'actrice a été de refuser, évoquant le bain de Zoé, mais l'autre a insisté : « Comme ça, *Clémence*, vous verrez où l'on vit. » Voilà chose faite. Quelques touches nouvelles avec une disposition semblable à celle d'autrefois.

Assise à ses côtés, Sarah l'informe qu'après quelques années de location, ils ont réussi à en devenir propriétaires, elle et son *mari*. Le mot est une nouvelle gifle. « Votre mari ? » relève d'un air dégagé Justine Roy, recueillant l'approbation de la maîtresse de maison qui tient cependant à préciser : « C'est *lui* qui a voulu. » Tandis que Sarah est prise d'un rire aérien, Justine s'interroge pour savoir si l'idiote vient de faire allusion à son mariage ou à l'achat de l'appartement, sachant qu'autrefois, il n'aurait été question ni de l'un ni de l'autre avec Marin.

En équilibre sur le coussin, elle est coincée en sandwich. Clipsée à son dos : Zoé. Étalé sur sa poitrine : Germain. « J'en aurais presque des complexes à vous voir avec les enfants. Vous êtes tellement parfaite », murmure Sarah à Justine qui laisse, en réponse, échapper sa tasse de thé vert sur la méridienne : un mouvement brusque de Germain. Les doigts de Justine agrippent aussitôt le drapé trempé. *Pour savoir si la tache de sang se trouve encore sous le tissu canari, il suffirait de déclipser la toile,* mais voilà que Sarah hurle sur son fils.

D'un geste protecteur, Justine Roy embrasse le petit garçon tandis que la blonde, en proie à une crise de larmes, s'enfuit à la salle d'eau. Germain consolé, Justine gagne la cuisine pour y chercher une éponge. Revenue au salon, elle se met à quatre pattes devant la méridienne.

Tout comme Marin à l'époque, elle frotte. Rien n'effacera le passé. Germain lui attrape la main, tous deux se dévisagent. « J'ai quelque chose pour toi, murmure Justine avant de se tourner vers Zoé. Allez ma puce, donne-lui le jouet. En échange, tu auras la poupée qu'on a vue tout à l'heure. » Docile, la fillette obéit et Germain secoue aussitôt son nouveau trésor. Le cœur de Justine Roy n'en finit plus de se réparer. « Il est à toi maintenant, souffle-t-elle à l'enfant. Si tu en parles à tes parents, ses pouvoirs magiques disparaîtront. On ne se reverra plus jamais. » Germain imite le geste de se coudre les lèvres. Lorsque Sarah revient enfin, les yeux brillants à cause de sa crise, le petit garçon glisse la babiole dans sa poche. Justine lui décoche un clin l'œil. Leur pacte est scellé.

Sarah évoque l'idée de se revoir le surlendemain. « Ainsi, *Clémence*, vous rencontrerez *mon mari*, précise-t-elle. Tous les vendredis, on se retrouve à la sortie de l'école. C'est lui qui y tient. » Justine se crispe. « Impossible. »

32

Justine

Jeudi 22 / vendredi 23 avril. 16 h 30 - 19 h 30
Quartier Daguerre – Paris XIVᵉ arrondissement

Elle aurait adoré que les Anselme assistent à son numéro d'équilibriste de ces deux derniers jours.

Jeudi, l'esthéticienne de Body Minute a rechigné à l'idée de récupérer Zoé chaque vendredi, à la sortie de l'école. La souscription de sa cliente à l'abonnement *Zen et plénitude* a eu raison de ses réticences.

La deuxième mission du jour a consisté pour Justine Roy à attendre l'instituteur. En début de semaine, il lui a proposé de déjeuner ensemble et la réponse de l'actrice a été si évasive qu'en la découvrant devant le portail de Boulard à 11 h 35, il a marqué un temps d'arrêt. Au kebab d'en face, elle l'a laissé exposer sa méthode pédagogique, et ce n'est qu'au moment de se séparer que l'esthéticienne est entrée dans la danse. « Tous les vendredis, mon amie Joyce récupérera Zoé car, avec la post-synchro, je ne pourrai pas arriver avant 17 heures. Pas de crainte, Étienne, elle tient le salon juste en face. Une perle, si *tu* savais. » Le tutoiement final a eu l'effet escompté. La main d'Étienne Langevin a caressé celle de Justine Roy.

Le lendemain, à 17 h 05, la comédienne a longé l'école Boulard jusqu'à venir franchir le seuil de Body Minute. Elle a pu récupérer Zoé, installée dans un fauteuil automassant. La fin de l'après-midi s'est déroulée à la perfection : la fillette s'est laissée frictionner les cheveux et la purée-jambon a été avalée. À l'arrivée des Anselme, toutes deux se tenaient blotties dans le canapé. La nounou racontait une histoire. Celle d'une fillette ingrate tentant de voler trois ours exemplaires.

33

Sarah

Après les tournages, Sarah a quitté les EMGP puis s'est engouffrée à la station Front-Populaire, direction le centre de Paris. Aujourd'hui, c'est son anniversaire, elle peut se permettre de relâcher la pression. En début d'après-midi, elle a textoté à son mari de ne pas l'attendre à la sortie de l'école. *Une urgence au casting, pardonne-moi.* Marin n'a rien répondu. Le pédo-psychiatre qu'ils sont allés tous les deux consulter ne verrait pas non plus d'un bon œil l'attitude de Sarah. Aménager des temps de vie en famille a fait l'objet de plusieurs séances. *Mme Plasky, vos absences sont perturbantes pour un enfant. L'énurésie nocturne est le symptôme d'un trouble.*

Entre psy, les deux hommes ont fait corps. Il a donc été décidé que le vendredi serait le jour de Germain, puisque ses deux parents viendraient le cueillir de concert à la sortie de l'école. Malgré cet arrangement, deux ans après, ses draps continuent d'être souillés. Jamais n'a été évoqué le besoin de Marin de tout contrôler et sa traque constante du mensonge.

Remontant l'escalator des Halles, Sarah tente d'écarter ses pensées sombres. Elle approche de la brasserie des Champeaux où l'attend Romane, déjà attablée en terrasse. S'installant près de son amie, elle se voit offrir un verre de champagne. On n'a pas tous les jours trente-sept ans. Les deux femmes rient pour un rien, elles se connaissent depuis plus de trente ans. Témoins de l'enfance l'une de l'autre, un lien sans équivalent. Pourtant, Sarah rechigne à raconter ce qu'elle traverse, ce serait poser des mots là où elle s'y refuse. Alors, par facilité, elle parle des candidats auditionnés le mois dernier. À mi-voix, elle révèle le secret de Marion, otage de Human Bomb et de Bastien, le mentaliste. Les yeux pétillants de Romane la confortent dans l'idée que ses choix ne sont peut-être pas si mauvais. La casteuse continue d'abreuver son amie de révélations croustillantes jusqu'à ce que son téléphone vibre. Les deux amies ont passé un pacte : ne répondre qu'en cas de vie ou de mort quand elles sont ensemble. Sarah hésite. Saisit son mobile. Balbutiant quelques mots à l'appareil, elle paie l'addition sous le regard interrogatif de Romane. Un petit signe pour indiquer qu'elle lui racontera tout plus tard. À grands pas, elle s'éloigne de la brasserie.

La voix chaude de Matéo la transporte loin de la circulation de la capitale. La seule agitation existante est la leur, leur impatience à se toucher. Matéo lui demande si elle compte le rejoindre. « Trois ou quatre jours, je ne pourrai pas plus », souffle Sarah en traversant le pont Saint-Michel. L'ébéniste n'en demande pas davantage et continue de lui brosser un tableau aux tendres couleurs pastorales. Légère, Sarah balaie du regard le boulevard. Des pans de son enfance parisienne avec son père lui reviennent. Elle évoque sa mère. Depuis sept ans, l'absence est toujours vive. Elle parle également d'Ethan avec qui elle sortait avant de rencontrer celui qui deviendrait, un peu par hasard, son mari. Sans la juger, Matéo accompagne son trajet avant d'enchaîner sur ses attentes à lui, jeune homme au premier carrefour de sa vie. « À la différence de toi, confie-t-il, faire mon deuil est plus facile, car avec ma sœur et mon frère, on est soudés. Et puis, ma mère est encore présente, je suis peut-être devenu mystique. » Sarah ravale sa salive. Au quotidien, Éliane aussi l'escorte, mais elle ne l'a jamais raconté à personne.

34

Justine

Vendredi 23 avril. 19 h 45 / 21 h 30.
57, rue Daguerre – Paris XIVe arrondissement

Dans la pénombre, Justine Roy épie la fenêtre aux rideaux fermés. *À cette heure, Marin est peut-être en train de sauter sa bonne femme sur la méridienne,* ressasse-t-elle adossée à la façade du bâtiment d'en face. Comme la veille, le voisin du premier étage entrouvre sa fenêtre, et lui adresse un signe engageant. *Mieux vaut prendre un peu de distance*, convient l'actrice en s'éloignant de l'immeuble.

L'esthéticienne ne la questionne jamais sur la raison de sa solitude, son obsession à traîner dans le quartier et cet emploi précaire de baby-sitter. « *Clémence*, vous excellez tant à prendre soin de votre petite (elle a dit cela avec le plus grand naturel : *votre petite*), qu'à coup sûr, vous êtes maman », a-t-elle supposé tout à l'heure. Le démenti de sa cliente a paru la choquer, elle s'est reprise : « Vous avez bien raison. Être mère est harassant. Pour ma part, j'ai ouvert cette franchise alors qu'Inès, dans ses langes, me réclamait encore. Les nounous ont été inventées pour prendre le relais. » Le visage de Justine s'est crispé.

Un parfum reconnaissable entre tous la fait se replier derrière le capot d'une voiture. Dans une odeur de fleurs, Sarah se faufile dans l'immeuble.

Trois minutes de grand calme.

Lumière au deuxième.

Ouverture de rideaux.

Rires.

Tout pour l'autre.

35

Sarah

Depuis plus d'une heure, Benji, calé dans la méridienne canari, parle de *Secret Story*. Après quelques verres, le visage de Romane a viré écarlate. Marin manœuvre de la cuisine au salon pour abreuver les invités de spritz, réajuster les coussins, sa marinière remontant sur son ventre. Sarah lui en veut d'avoir organisé cet anniversaire surprise. « Au fait, vous savez ce que devient Matéo ? » beugle soudain Benji à la cantonade. Sarah sursaute. Depuis son arrivée à l'appartement, sa migraine ne la lâche pas, elle gagne la fenêtre pour prendre l'air. Dans son dos, Benji continue de déblatérer : « Ce bâtard a tout planté du jour au lendemain. Aucun appel si ce n'est pour dire qu'il arrêtait le casting. Et pour faire quoi, je vous laisse deviner ? Retaper une vieille ferme ! » Sarah s'étouffe : « Tu as oublié que sa mère est morte ? Et, franchement, me dis pas que sillonner Reims, Colmar ou Saint-Malo pour servir de la fange sur un plateau est à ce point enthousiasmant ! À aucun moment tu te dis qu'il a fait preuve d'une franchise qu'on n'aura jamais ? » Benji marque un temps de surprise avant d'applaudir à cette tirade. Décontenancée, Romane s'esclaffe en tambourinant ses cuisses.

Marin se glisse vers sa femme pour l'enlacer. Sarah retrouve le réconfort que son compagnon lui apportait au début de leur relation, la sensation de se sentir comprise. Avant la venue au monde de Germain, elle se confiait tout le temps à lui. Il avait cette écoute admirable, n'était jamais insistant, l'encourageait même. Alors ce soir, blottie contre son mari, elle veut s'accorder une trêve. Les bruits de la fête lui parviennent en sourdine, elle ferme les yeux. Ses mains caressent le dos épais de son époux, elle cherche son odeur familière. Soudain Marin se raidit. Sarah lui demande ce qu'il se passe, mais il la repousse avec violence. Le visage blanc comme un linge, il tire les rideaux avec une brutalité inouïe. « Tout le monde dégage, dehors les cons ! » gueule-t-il à Benji et Romane. Son grand corps ne s'arrête plus de trembler et en moins de cinq minutes, les invités se retrouvent jetés sur le palier. Déboussolée, Sarah part consoler Germain pleurant à chaudes larmes dans sa chambre. Quand elle revient au salon, Marin n'a pas bougé d'un iota. Hagard, il fixe la fenêtre aux rideaux pourtant tirés. Il semble avoir aperçu un fantôme.

36

Justine

Lundi 26 avril. 16 h 30 - 18 heures
46, rue Boulard – Paris XIVe arrondissement

Justine Roy approche de l'école. Son regard dissèque Sarah, encore occupée à consulter son portable : une piètre figure de magazine. Trench seyant couleur sable, noué à la taille par une fine ceinture, et bottines de cuir sombres. Cheveux rassemblés en une queue-de-cheval basse, encadrant un visage émacié disparaissant sous de larges lunettes de soleil. À la vue de sa *chère Clémence*, elle les relève, dévoilant ses traits fatigués. Déjà les petits se pendent à la manche de la nounou tandis que la falote attrape le bras resté vacant de la jolie brune : « Mon mari ne rentre qu'à 21 heures, laissez-vous faire, je vous kidnappe. »

Dix minutes plus tard, Justine est assise sur la méridienne. Postée devant la baie vitrée, l'hôtesse se lance dans la narration de son week-end : un cauchemar. Les invités mis dehors, son mari cloîtré comme s'il avait vu un revenant. « Je crains toujours qu'il me surveille, balbutie-t-elle en rejoignant la nounou. Excusez-moi *Clémence* de vous poser une question aussi indiscrète, mais avez-vous déjà trompé quelqu'un ? » Justine se rencogne contre le coussin. « Et avez-vous été amoureuse ? » insiste-t-elle. L'actrice hoche la tête : « Une fois. » Son interlocutrice fronce ses sourcils cendrés et demande : « C'est une question naïve, mais à quoi reconnaît-on l'amour ? » Justine la fixe. Chuchote des souvenirs. « Essayer de se faire tomber de la Grande Roue. Faire l'amour jusqu'à l'asphyxie. Tête sous l'eau dans la baignoire. » Le murmure finit par s'éteindre pour laisser une Sarah ébaubie. Comme si elle ne savait que faire de ces confidences, la jeune mère déploie sa silhouette près de la fenêtre. Justine imagine le corps malingre de cette femme passer la rambarde. Une ballerine de salon s'écrasant sur le trottoir. Elles s'observent. Sarah s'apprête à dire quelque chose. Y renonce.

Justine se lève. Franchit le couloir jusqu'à sa chambre de jadis. Près de sa commode, devenue coffre à jouets, Zoé parlemente avec Germain. Elle ressort. File dans la pièce d'en face. À la place de son bureau, un lit de 160. À grandes enjambées, elle rejoint Zoé, lui enfile de force son manteau. Alertée par les cris de la gamine, Sarah se précipite dans la chambre. Germain, qui la talonne, braille à son tour. Son pantalon est trempé : il a fait pipi. Sarah a ce geste avorté. La main dressée, prête à frapper, et aussitôt ravalée. « Je ne l'aurais jamais trompé, susurre Justine. Je l'aimais trop pour ça. Il était mon amoureux. Est-ce que vous comprenez ? »

37

Sarah

Germain n'a jamais été un enfant facile, Sarah a pu le constater à la crèche, où elle le déposait dès ses deux mois. Il pleurait beaucoup, se réfugiait dans les bras des auxiliaires de puériculture quand elle venait le récupérer. À la maison, c'était Marin qu'il cherchait à la moindre contrariété. Ses spasmes de sanglot étaient inquiétants : yeux révulsés, il cessait de respirer. Sarah était obligée de le coucher sur le côté et de lui appliquer sur le front une débarbouillette froide pour qu'il reprenne connaissance. La culpabilité la rongeait. Où résidait sa faute ? Elle n'était pas partie à l'autre bout du monde comme sa mère.

Après l'accouchement, Sarah avait dû gérer le rapatriement d'Éliane et il y avait à présent deux kilos huit cents de chair rose qui la réclamaient. Elle regardait le bébé sans amour. Même Romane l'aurait jugée. Découvrant les mines émerveillées des autres devant son enfant, elle leur reprochait de lui voler une joie qui ne venait pas.

La décision de le garder était pourtant de son fait. En apprenant sa grossesse, elle avait tenté de joindre sa mère pour lui annoncer son envie d'avorter, mais elle n'avait pas répondu. Sarah avait alors décidé de prouver à Éliane qu'elle serait meilleure qu'elle. Une pitoyable raison.

Les cauchemars avaient commencé. Toutes les nuits, Sarah chutait au fond d'un puits et se réveillait en sueur, partant s'observer des heures dans le miroir de la salle de bains. Elle ne revenait se coucher qu'au petit matin, avant le réveil de Marin. Finalement, lui seul avait eu la meilleure des réactions. Lorsqu'elle lui avait annoncé son intention de mener à terme sa grossesse – tous deux ne se fréquentaient que depuis un an –, il était resté prostré un week-end entier. Sarah avait cru qu'il allait la quitter, espérant même cette échappatoire, mais une semaine plus tard, il avait accepté sa décision, décrétant que leur fils s'appellerait Germain. Il en semblait heureux, si bien que Sarah avait cherché du secours dans cette joie soudaine. En vain.

Les premiers temps, elle l'avait beaucoup trompé. Il lui avait été facile de cacher sa grossesse, car son ventre n'avait commencé à s'arrondir qu'à la fin du cinquième mois. Dans les bras de ces inconnus, elle imaginait une impensable fuite.

Mais Marin la surveillait. Elle devait ingurgiter des jus préparés à l'aide d'un blender dont il avait fait la fraîche acquisition. La prévenance du futur père virait à l'angoisse jusqu'à ce qu'un beau jour, entre une mélasse au potimarron et une tisane au thym, Sarah reçoive de lui une demande en mariage un peu compassée.

Elle était étendue sur la méridienne, et Marin posa cette question qu'elle jugea incongrue : « Compte tenu de la situation, il paraît juste de se marier, non ? » En acquiesçant, Sarah s'était remémoré la première fois où il l'avait invitée au restaurant. Elle enfilait son imperméable, et son bras s'était pris dans la manche de son vêtement. L'impression d'être ligotée l'avait saisie.

Quand Germain eut six mois, Marin exigea un test de paternité. Offensée, la jeune femme accepta cependant et le calme put revenir. En s'impliquant davantage, tout irait mieux. Au fil du temps, Sarah réussit à endosser le rôle. À berner son petit monde. Mais dans leur univers étriqué, Germain ne la loupait pas. À l'approche de sa mère, il se cabrait.

Les deux premières années de maternelle, Marin venait chercher le gosse à l'école. Avec son travail, il pouvait aménager ses horaires, si bien que Sarah prétextait la moindre occasion pour y couper. Les pots de fin de tournage, les castings à rallonge, les coups de blues de Romane. Son mari finit par tiquer. *Ma femme est un lézard qui dévore sa progéniture* ou *un aigle de Verreaux prêt à sacrifier son rejeton*. La répétition des images animalières était d'un ridicule cinglant. *La rainette quitte la mare quand ses têtards surnagent*. Après cette petite métaphore, il avait ricané avant d'imposer une nouvelle règle. Maintenant, ce sera à elle de faire le planton à la sortie de l'école.

38

Justine

Jeudi 29 avril. 16 h 50 - 18 h 30
Le Petit Breton – 17, rue Daguerre
– Paris XIVe arrondissement

Flanquées des enfants, les deux femmes ont investi la table près de l'entrée du restaurant. Sarah a délaissé le cidre traditionnel pour une bière. À mesure que son verre se vide, sa langue se délie. L'éclat auquel la baby-sitter s'est livrée en début de semaine ne semble pas avoir éveillé de soupçon. On dirait même que cela a renforcé leurs liens.

– Marin déteste le divertissement, *Clémence* ! Être dans les apparences l'effraie. Ne l'est-on pas nécessairement ? Mon mari n'a jamais été drôle.

De ce constat, elle soupire avant de commander une nouvelle Pelforth.

– Le petit fait pipi au lit mais il a une voix cristalline. Allez, Germain, chante ! Rien que pour *Clémence.* Vous voyez, il fait encore sa tête de mule pour m'ennuyer. Au studio 107, ils enregistrent *La France a un incroyable talent.*

Il a passé avec succès les sélections. C'est le 15 septembre prochain. Marin ne le sait pas, il aurait refusé. J'ai un peu trop bu, excusez-moi.

Après une nouvelle lampée, elle dévisage la nounou.

– Vous êtes tellement secrète ! Il n'y a pas de mal à se confier, vous savez. Je le fais bien, moi.

Justine fixe Germain. Il paraît bouder.

– C'est vrai, poursuit Sarah, déçue par le mutisme de la brune, je ne sais absolument rien de vous. Avez-vous des frères, des sœurs ? Des parents ? Un amour ?

Justine détourne les yeux. *Comment avouer que depuis quatre mille sept cent quarante-huit jours, une centaine de mains sont venues se poser sur mon corps, mais qu'aucune ne valait celles de Marin ?*

Sarah tire son portable pour écrire un message. La main de Justine touche son bras, la jeune mère sursaute.

– Tout à l'heure, vous m'avez dit que votre mari était *difficile*. C'est-à-dire ?

Sarah repose son téléphone. Elle laisse partir son regard dans la salle.

– La vérité. Pour lui, tout doit être constamment vrai.

Le portable de Sarah sonne, elle le saisit avec ardeur. « Matéo ! » s'exclame-t-elle avant de sortir de la crêperie, son trench sous le bras. À travers la vitrine, la comédienne poursuit du regard la maigre silhouette jusqu'à la voir disparaître de son champ de vision.

Comme s'il attendait ce moment, Germain sort le jouet de sa poche en riant : « Fais des bêtises, *Clémence* ! C'est ton défi maintenant ! » La nounou improvise aussitôt une saynète. La figurine en bois se retrouve sur le rebord de sa bolée, qu'elle renverse d'une chiquenaude. Éblouis, les petits viennent se pendre au cou de leur grande chérie, tandis que le patron s'attelle à éponger le cidre répandu au sol. La note est déposée sur la table. De son sac, Justine sort le butin des Anselme et paye, « voilà, quarante-trois euros, le compte y est. Allez, il est temps de rejoindre Sarah, les enfants. »

Dehors, aucune blonde. Aucun sac Polène. Aucune paire de lunettes Zadig et Voltaire.

Justine s'agenouille à la hauteur de Germain : « La prochaine fois que tu auras du mal à te retenir de faire pipi, tu pourras en parler au jouet. Il est capable de résoudre ce genre de problème, parce que celui qui le possède peut demander ce qu'il veut. Mais c'est notre secret. Si tu en parles, tout disparaît. »

Justine sonde la rue Daguerre. Il est 18 h 30 et Sarah s'est volatilisée.

39

Justine

Jeudi 29 avril. 18 h 45
Rue Daguerre – Paris XIVe arrondissement

Au loin, Marin.
Justine s'élance à l'opposé.
Zoé dans les bras.
Germain, abandonné.
De son devenir, elle ne sait rien.
Sur le fil, elle avance.
Tant qu'elle est rue Daguerre, elle survit.

40

Germain

Jeudi 29 avril. 18 h 45
Rue Daguerre – Paris XIVe arrondissement

Les paroles de Justine en tête, Germain tourne le jouet dans sa petite paume. « Je parle de toi et je disparais. Pouf ! » Redressant le nez, il aperçoit son père qui arrive à grands pas. Le cœur battant, l'enfant cache le secret dans sa poche. « Coucou, mon papa ! »

41

Sarah

Sarah pourrait s'effondrer. Elle se précipite au salon, y trouve Germain installé devant *Mon voisin Totoro.* Coupable, elle revient sur ses pas affronter son mari. « Une urgence au studio. J'ai dû rappeler Benji. Et la nounou de Zoé qui s'était envolée… Germain avait disparu. J'étais terrifiée. » En quête de pardon, elle enlace Marin qui se dégage aussitôt. « Ne fais pas comme Éliane ! s'exclame-t-il. Tu vaux mieux que ça, non ? » Sarah se revoit parler de ses peurs. Fuir ses responsabilités. *Comment ai-je pu bâtir ma propre geôle ?*

42

Justine

Mercredi 5 mai. 16 h 35-19 h 30
École Boulard – Impasse Nansouty
– Paris XIVe arrondissement

La cloche tinte et Sarah n'est pas là.

Instinctivement, Justine Roy cherche le garçonnet, mais c'est Zoé qui vient se coller à ses jambes. La fillette redresse sa figure triangulaire. « Germain est mort ! » crie-t-elle comme s'il fallait cela pour avoir sa nounou tout entière. Justine se glace. « Montre-moi où est sa maîtresse », finit-elle par murmurer à la petite rousse qui tend un doigt contrarié en direction d'une femme en salopette discutant avec Étienne Langevin. La gamine en bandoulière, la comédienne les rejoint. « Excusez-moi. On devait aller au parc avec Germain. Il est absent ? » Après une brève estimation de cette belle brune, l'institutrice plonge les mains dans ses poches : « Il est malade, madame. Voyez avec ses parents. » L'enseignante s'apprête à lui tourner le dos mais Justine insiste : « En fait, je m'inquiète pour le petit ces derniers temps. »

La maîtresse bout, Étienne pondère. « Élizabeth a raison, *Clémence*. Le mieux serait de téléphoner à la maman de Germain. » Sur le chemin du retour, Zoé pèse un âne mort.

Cette journée aurait pu se dérouler à merveille, puisque Justine est tout entière dévolue à la petite rousse. Mais elle parvient difficilement à entrer dans le rôle. Il lui manque celui à qui elle s'est attachée plus que de raison. Le fils qu'il lui reste à récupérer. Ainsi pourra-t-elle reprendre sa vie là où elle l'a laissée.

43

Sarah

Sarah ne pensait pas pouvoir faire l'amour avec un autre dans leur appartement. À peine la porte refermée, elle a respiré la peau à l'odeur boisée de Matéo. Alors que tous deux se tiennent dans le couloir, il déboutonne le chemisier en soie de Sarah, fait coulisser la fermeture éclair de sa jupe, écarte la fine dentelle, puis l'entraîne au salon. Elle s'étend sur la méridienne. À la façon d'un rituel, son amant décroche du mur les portraits de famille. Sarah se sent apaisée, elle ferme les yeux. Quand elle les rouvre, Matéo est au-dessus d'elle, son jean a roulé. Lentement, il écarte ses lèvres pour la pénétrer en douceur.

Après l'amour, elle reste étendue. Sentir la respiration de cet homme la calme. Elle pense à cette heure passée devant le miroir de la salle de bains avant qu'il n'arrive, elle voulait à tout prix *s'arranger*. Ne pas se montrer dans sa peau de maman.

Quand le père de Sarah a sonné à 8 heures précises, Marin venait tout juste de partir. Un vrai marathon. La veille, en apprenant l'arrivée de Matéo à Paris, elle s'est appliquée à caler au chausse-pied ce chassé-croisé. Envoyer un message à Benji et à son père. *L'ambiance n'est pas rose à la maison, si tu prenais Germain demain, ça lui ferait le plus grand bien.* À l'institutrice, elle a prétexté que Germain était malade, ainsi elle n'aurait pas à aller le récupérer.

Sarah ajuste son souffle sur celui de l'ébéniste, elle s'endort. À son réveil, le salon est assombri. Sa première pensée va à Germain, à ses cris. Aux petites vexations quotidiennes. Elle se demande l'heure qu'il est, se lève en silence. Dans le couloir, elle retrouve son portable abandonné sur le plancher, près du sac. Il est 17 h 15, comment a-t-elle pu dormir autant ? Quand elle revient près de la méridienne, elle caresse l'épaule tiède de Matéo. « *Il* va rentrer dans deux heures », chuchote-t-elle, comme si nommer son mari avait quelque chose d'indécent. Sans protester, il se lève, enfile son jean, sa chemise, ses baskets, puis considère la pièce. Il s'arrête sur les cadres posés au sol. « N'y touche pas », susurre Sarah en se lovant contre lui. Elle embrasse ses lèvres et le raccompagne, un peu contrite, jusqu'au pas de la porte. Matéo lui caresse le visage : « Viens t'installer avec moi. »

44

Marin

Aidé de son beau-père, Marin frotte une nouvelle fois avec un savon noir l'assise de la méridienne. Deux semaines après la maladresse de Germain, la tache de thé est encore visible. Rien n'y fait malgré leur acharnement. Ce faisant, les deux hommes discutent de tout et de rien. Ils n'ont pas grand-chose à partager si ce n'est Sarah, qui les fait attendre, par caprice ce soir, puisqu'elle a décidé de prendre un bain.

Marin ronge son frein. Encore une fois, sa femme n'en a fait qu'à sa tête, proposer en pleine semaine à son père de s'occuper de Germain sans aucun souci de l'école et surtout sans lui en faire part, comment a-t-elle pu ? Lorsqu'il a voulu interroger tout à l'heure son beau-père, ce dernier a botté en touche. Couvrir sa fille de cette façon est déplorable. C'est pourquoi, lorsque Sarah daigne enfin se montrer, les cheveux entourés d'une large serviette, Marin la fusille du regard. Comme pour faire diversion, Jean entreprend de raconter leur journée : avec le petit, ils ont visité la Grande Galerie de l'évolution et se sont même offert une glace chez Berthillon. « Germain a été bavard, assure-t-il. Grâce au jouet, il ne fera plus pipi au lit. « Quel jouet ? » demande aussitôt Marin. « Oh, un truc un peu bizarre, répond Jean. Rayé. Bleu et blanc. Germain me l'a à peine montré. *C'est mon secret*, il m'a dit, avec le doigt sur la bouche. »

45

Sarah

« Ce jouet dont parle mon père, ce ne serait pas par hasard le petit ours Jean-Paul Gaultier que je t'avais offert pour notre dernière séance ? Tu sais bien, le Bearbrick que j'avais trouvé dans ce bazar, en bas de ton cabinet ? » Marin part en trombe à la cuisine. Sarah se mord les lèvres d'avoir ainsi osé évoquer leur rencontre, elle lui a juré d'en taire les circonstances. Quand Germain se met à hurler, Sarah et Jean se précipitent dans la cuisine où ils trouvent l'enfant en larmes, Marin serrant son bras. « T'es cinglé ? Tu ne vois pas que tu lui fais mal ? » s'exclame Sarah en tentant de le stopper. Mais son mari s'entête : « Sors ce jouet de ta poche ! Il va me le montrer, je déteste les cachotteries. » Jean se résout à bloquer le bras de son beau-fils, expliquant que petit le tient d'une camarade d'école qui lui en a fait cadeau. Dans les grands yeux bleus de l'enfant se lit un mélange de peine et de surprise face au pieux mensonge de son grand-père qui s'empresse de le reconduire dans sa chambre.

Les poings serrés, Marin se plante devant Sarah : « Tu as été injoignable aujourd'hui et tu donnes ton accord pour que Germain fasse l'école buissonnière avec ton père. Et quand je rentre, tu prends un bain. Tout ça, pour nous laisser en plan avec ta connerie de tache. Et il ne s'agit pas de ton cadeau. Je ne l'ai jamais aimé. Ton Bearbrick était d'une laideur sans nom ! »

46

Marin

2001.

Le Bearbrick offert par sa patiente, Sarah Plasky, est posé près de la carafe d'eau.

Haute de cinq ou six centimètres, la figurine représente un petit ours en polo rayé. La statuette de style pop art a l'allure d'un Mickey. Cet après-midi, juste avant leur séance, la jeune femme l'a sortie de sa poche et l'a déposée sur le bureau en noyer, avant d'annoncer, les joues rosies par sa petite transgression : « C'est un Bearbrick Jean-Paul Gaultier. » Ensuite, elle a rejoint la banquette. Marin ne l'a pas interrogée pour connaître la raison pour laquelle elle lui avait offert cette babiole. Mais en laissant divaguer son esprit durant leurs quarante-cinq minutes de séance, il n'a pas cessé de repenser à l'amulette offerte par Justine, dix ans auparavant. Celle qui allait devenir leur jouet.

Sans ce cadeau, Marin n'aurait jamais envisagé quoi que ce soit avec Sarah Plasky. Sortir avec sa patiente est naturellement réprouvé, sans compter qu'elle n'est pas son genre. Un peu trop blonde. Un peu trop frêle. Un brin surfaite. C'est pour cette raison, qu'en l'attendant à cette table de restaurant, il hésite. Comme s'il s'agissait de se motiver, Marin ressasse la même pensée. *Cet ours en marinière a séduit Sarah Plasky et elle a souhaité m'en faire cadeau car je lui plais.* Offrir un présent à son psy, ce n'est pas rien, il le sait même si, depuis le temps, il a appris à gérer les transferts. Cette fois, il ne l'a pas fait. Cette figurine n'a pourtant pas la simplicité de l'amulette. Le jouet qu'il partageait avec Justine était plus brut, plus immédiat. *Si je l'avais dans la main, je le ferais tourner dans ma paume, avant de lancer mon épreuve,* songe-t-il. *Tout casser dans ce restaurant. Tiens, je commencerais par les carafes. Puis les lustres. Il faut en finir avec ça, je me le suis tant de fois répété. Une autre vie.* Le désir de quitter les lieux le prend. Il rassemble ses affaires.

En retard, Sarah arrive. Visiblement gênée de découvrir son cadeau adossé à la carafe, elle s'installe à la table. Peut-être pense-t-elle que le thérapeute a placé son offrande à cet endroit pour donner un sens à leur séance hors cadre. Comme s'il devait se justifier, Marin explique : « J'ai voulu que le petit ours rayé nous accompagne pour notre premier repas. Un marinier sert à naviguer, *tu* ne crois pas ? » Le tutoiement a fait rougir sa patiente. Il n'évoque pas Justine, dont le souvenir persiste maladivement. Il ne parle pas non plus de cette pâle copie du jouet, mais s'engage sur son long et ennuyeux célibat. Depuis quatre ans, il n'a éprouvé l'envie de toucher aucune femme. En l'écoutant, Sarah caresse ses cheveux.

Sur le plat de résistance, Marin explique ses attentes. Exposer ses desiderata permet d'éviter les ratés : sa compagne s'engagera à être stable, ils ne devront rien se cacher et ne pas se perdre dans des jeux stériles. « Tromper l'autre est se tromper soi-même », il use de certains aphorismes, conscient d'en faire trop, et d'ignorer même ce qu'il veut. À l'adresse de celle qui l'étudie en silence, il continue sur sa lancée, les mots de Lacan en tête : *On ne pense jamais ce que l'on dit.* Pour ses patients, Marin a pris l'habitude de compléter la phrase en lui ajoutant cet appendice : *Donc autant tout se dire.* En fin de repas, à court d'arguments, il est pris d'une quinte de toux et se sert un verre d'eau. Depuis la carafe, le pauvre Bearbrick le jauge. *Cela ne marchera pas*, admet Marin, d'autant plus qu'il n'est pas sans savoir que Sarah est attirée par des hommes différents.

À la sortie du restaurant, les événements se précisent. Peut-être à cause de la blondeur de cette femme ou de la délicatesse de son corps flottant dans cet imperméable léger, de sa radicale différence avec l'autre, il aimerait la faire sienne. Tourner la page. Puisqu'elle a sans doute froid, il la recouvre de son manteau. Au moment de se séparer, les doigts de Sarah frôlent les siens. Le même geste qu'avait eu Justine, alors il attend une question qui ne viendra pas. *Pourquoi portes-tu une marinière, Marin marinière, c'est un peu redondant, non ?* Malgré l'absence, il plonge pour humer un parfum nouveau. Fleuri et musqué. La suite sera différente. Et nécessairement loupée.

47

Marin

Peu après la naissance de Germain, Marin a jeté le Bearbrick. Le voir au quotidien sur son bureau lui rappelait trop Justine. Il n'a naturellement rien dit à sa femme, on ne se débarrasse pas d'un cadeau.

Un soir, Sarah est venue le chercher au cabinet. Ses consultations étaient terminées et le couple avait prévu de dîner à l'extérieur. Ils avaient pour la première fois fait appel à une baby-sitter, une exigence de Sarah qui reprochait à son époux de ne plus la considérer depuis la naissance de Germain. Tandis que Marin consultait son agenda, elle s'est installée sur la banquette. Il l'observa à la dérobée. Sa femme avait raison, il ne l'avait jamais bien regardée. Les mains croisées sous sa tête, elle prenait plus ses aises qu'autrefois. Yeux mi-clos, peut-être pensait-elle à la mort d'Ethan. À son mari assommant. À la vie qu'elle aurait préféré avoir.

Au moment de sortir, Sarah a détaillé le bureau en noyer. « Où est passé mon Bearbrick ? a-t-elle demandé. Tu m'as toujours dit qu'il trônait là. Qu'il te servait même à *affronter vents et marées* ! »

Comme s'il en découvrait à l'instant la disparition, Marin a affiché un air surpris. Il a cherché le petit ours dans le tiroir frontal du meuble, dans la bibliothèque, puis sur le manteau de la cheminée, en pensant à cette nouvelle d'Edgar Poe, *La Lettre volée*. N'en trouvant évidemment pas la trace, il s'est décidé à battre en retraite. « Un patient l'aura dérobé pour me posséder, a-t-il lâché avec un air de satisfaction. Je ne t'ai jamais raconté l'histoire de la canne qu'un homme avait subtilisée à Lacan ? *Lacan-La canne*, tu vois le déplacement, non ? » Sarah a marqué un temps d'arrêt avant de lui offrir un grand sourire. Peut-être était-elle aussi soulagée que lui de la perte du Bearbrick.

48

Justine

Lundi 10 mai. 16 h 30 - 19 h 30
57, rue Daguerre. Parc Montsouris.
7, impasse Nansouty – Paris XIVe arrondissement

Penché sur son vélo, Germain chante. Il est talonné par Zoé, juchée sur ses patins Fisher Price. Après l'école, tous sont allés récupérer ce barda, mais, à peine franchie l'entrée du parc, Sarah a prétexté une urgence (elle s'agrippait si solidement à son portable qu'il aurait fallu une cisaille pour le lui arracher). Sans se préoccuper de savoir si cet état de fait convenait à sa *chère Clémence*, elle a assuré revenir pour 19 heures au domicile des Anselme. Justine n'a pu que la regarder s'enfuir du parc.

Germain gare son deux-roues près du banc et réclame un bisou. Zoé se précipite à son tour. « Allez, mes amours, rentrons à la maison. »

À l'appartement des Anselme, Justine Roy fait couler un bain. D'un geste méthodique, elle déshabille les petits, les plonge dans la baignoire. Son bras se pose dans le dos de Germain. Tête à fleur d'eau, il s'étend. Marin aimait lui aussi s'allonger de tout son long, l'oreille sur le ventre de son amoureuse pour écouter les sons du bébé. Ses yeux dans ceux de Justine, Germain chantonne. *Tu as raison, mieux vaut effacer ces épisodes, le séjour en maison de repos, ces mois à tenter d'oublier, tant de mains sur moi*, alors elle shampouine les cheveux, asperge les têtes, frotte les petits corps jusqu'à les faire mousser. Quand vient l'heure du rhabillage, elle se penche vers le garçonnet : « Tu vas devoir rentrer chez toi. Elle va arriver. » Le petit se met à pleurer. « Un jour, on sera ensemble. On ne se quittera plus jamais. Promis. » Germain enlace Justine jusqu'à l'étouffement. La sonnette les fait tous les deux sursauter.

49

Sarah

Sarah est campée sur le paillasson. Son imperméable est froissé et ses cheveux, impeccablement tirés tout à l'heure, sont à présent défaits. Elle n'a plus de maquillage et ses joues affichent une teinte rosée comme si elle avait couru. « Germain pleure car je suis là ? » demande-t-elle en l'apercevant caché derrière la nounou. À la vue des boucles humides de son fils, elle ajoute qu'il était inutile de lui donner le bain, avant de finir par lâcher d'une seule traite : « Matéo était à Paris depuis la semaine dernière, je viens de le raccompagner à la gare, je suis certaine que vous comprenez ma situation, *Clémence*. D'ailleurs ce serait bien plus naturel de se tutoyer. Et si on se voyait samedi toutes les deux ? » Les yeux hagards, Sarah empoche le Post-it tout juste griffonné du numéro de téléphone de *Clémence* avant d'entraîner Germain jusqu'au palier. Au premier étage, mère et fils croisent un individu roux et lourd respirant les quatorze recommandations.

Menottée à son rejeton sur l'avenue du Général-Leclerc, elle repense au souhait renouvelé de son amant en cette fin d'après-midi. Vivre ensemble. Sur le quai de la gare, elle a éprouvé la sensation de se trouver contre lui dans le wagon qui venait de s'ébranler en direction de Saint-Flour. Elle a couru, la main secouée comme dans un film de Garry Marshall, avant de s'arrêter net, les yeux brûlants.

50

Marin

Dans la chambre de son fils, Marin fouille une nouvelle fois le coffre. Il soulève le matelas, inspecte la taie d'oreiller, le sac à dos de Germain accroché à la patère. Depuis mercredi dernier, il cherche le jouet. Il a tenté la méthode douce pour que son fils lui révèle sa cachette mais l'enfant est buté. Le père de Sarah a pourtant été formel : la babiole lui a été offerte par une fillette de sa classe. Mensonge.

Lorsque Sarah rentre enfin, il se précipite dans le couloir. S'agenouille devant Germain : « Tu as quelque chose à dire à papa ? » hurle-t-il au petit garçon qui gagne sa chambre en sanglotant. Marin se met à trembler. « Est-ce que tu vas bien ? » demande Sarah sur le qui-vive. « Non. Et toi ? »

51

Pascal Hernandez

Le policier fronce les sourcils. La question ne lui dit rien qui vaille.

– Vous parlez de l'oiseau qui pond dans le nid des autres, c'est ça ?

– Voilà. La femelle coucou ose se débarrasser de sa progéniture. Mais d'autres espèces agissent de façon identique, vous savez. Le flamant rose, le canard colvert ou encore l'étourneau sansonnet. On appelle ça du parasitisme de couvée. À votre avis, pour quelle raison la femelle agit-elle ainsi ?

Pascal Hernandez se passe la main sur le crâne. Indécis, il finit par répondre :

– Peut-être parce qu'elle est fragile.

– Ou elle fait croire à sa fragilité ! Car c'est peut-être une usurpatrice.

Fourbu, le policier étend ses bras pour s'étirer. Revenant vers la femme, il remarque la veinule apparue sous son cerne gauche. La peau est si blanche qu'on pourrait presque voir à travers.

– Vous vous trompez, madame Plasky. Imaginer une telle chose serait purement anthropomorphiste.

– Alors, pourquoi la femelle ferait-elle cela ?

Hernandez se lève. Arpente son bureau avant de revenir s'asseoir à sa place.

– Parce qu'elle ne peut pas faire autrement.

Sarah sourit, semblant suivre une pensée aux entrelacs complexes.

– Sa mère l'a fait donc elle reproduit la même chose. C'est ça, inspecteur ?

– Allez savoir.

– III –

52

Germain

Dans la forêt d'Halatte, Germain pédale à tout rompre. Grâce aux feuilles sèches et au sol terreux, tomber ici est moins dangereux que sur le bitume de Paris. Cet endroit, il l'adore ! On trouve des allées à perte de vue et des animaux. Avant-hier, il a même aperçu un cerf et son père lui a promis de l'aider à débusquer un triton. Tous les jours, ils se rendent aux menhirs des Indrolles. À la croisée d'un poteau, quatre villages se rejoignent. Son père lui a raconté qu'enfant, il y restait des heures à imaginer sa vie d'adulte. Germain ne connaît pas les rêves de son père, mais sait les siens : vivre là, entouré de ses grands-parents.

À leur arrivée à Fleurines, une semaine auparavant, il s'est senti gêné de devoir embrasser les deux vieillards à la peau ridée comme un fruit blet. Granny et Papou lui ont expliqué ne l'avoir vu qu'une fois, à la maternité. Pourquoi son papa lui a caché l'existence de sa famille ? Et ce village, Fleurines, lui plaît tant qu'il aimerait y rester toute la vie. En plus, ici, il a le droit de voir une quantité phénoménale de dessins animés. L'émission TFou avec *Totally Spies*, *Pokémon* et *Beyblade*.

Tandis que l'enfant fonce à pleine vitesse, son père reste à la traîne pour réfléchir, car c'est ce qu'il dit à tout bout de champ : « Laisse-moi, j'ai besoin de réfléchir. » Avec Sarah, ils ont décidé de faire une pause. Germain n'en comprend pas le sens, peut-être appuyer sur un bouton pour remettre à plus tard ce qu'on a lancé. Dans tous les cas, sa mère ne lui manque pas.

53

Marin

Même si elle n'est pas là, venir à Fleurines a été une décision de Sarah.

Le jour du départ, Marin a trouvé un gribouillis posé sur la table du salon. *Pardon. J'ai besoin de me retrouver*. Elle lui demandait aussi de prendre soin de Germain. Ne disait pas où elle se rendait, si ce n'est qu'elle le contacterait, *à un moment ou à un autre*.

La veille, elle s'était emportée. Sa vie la rendait malheureuse, elle suffoquait. Quels arguments Marin allait-il encore trouver pour justifier le fait de ne pas lui avoir présenté ses parents, en neuf ans, comment une chose pareille était-elle possible ? Ôter d'office à Germain la chance de profiter de ses grands-parents était une façon anormale de *penser la famille*, qu'il évoquait pourtant à la moindre occasion. Marin avait souri à l'idée que sa femme ait trouvé les mots, identiques aux siens, ceux qui faisaient mouche dans l'antre de son cabinet. À force de vivre ensemble, on finissait par se ressembler. « Germain peut décider qui aimer ou pas en dehors des desiderata de son père »,

Sarah avait bredouillé, avant de le supplier de les conduire, le petit et elle, à son village, rien qu'une fois. Alors Marin avait promis. Dès le lendemain, ils iraient chez *les bouseux*, comme il les avait tant de fois nommés de façon si ridicule. À l'idée de les rencontrer, Sarah avait paru heureuse. Ils avaient fait l'amour, ce qui devenait de plus en plus exceptionnel ces derniers temps. Marin avait essayé de la rassurer et pensait être parvenu à la soulager. À tort.

Désemparé, il a fait le tour de l'appartement en quête d'indices. À peine un petit sac de voyage, quelques T-shirts, un pantalon, sa trousse à maquillage, rien de plus pour accompagner sa fuite. Elle ne répondait pas au téléphone, il finit par appeler Benji. Du bout des lèvres, celui-ci lâcha quelques bribes. Son ton hostile attisa la détresse de Marin. Forcément, à cause de la débâcle de l'autre soir, l'anniversaire apocalyptique, son inexplicable colère, pire, ses insultes, il ne pouvait que récolter ce qu'il avait semé. Avec réticence, le casteur lui avoua avoir reçu à l'aube un message de Sarah l'informant qu'elle arrêtait tout. « Elle n'a rien ajouté d'autre », précisa Benji tandis que Marin imaginait sa femme textoter ces quelques mots dans leur chambre tandis qu'il dormait.

L'éventualité que Sarah puisse le tromper se muait en certitude : elle était partie avec un autre, une triste et banale vérité. Ces dernières semaines, elle était différente, il n'était pas aveugle. Marin se résolut à contacter Romane. Ils se retrouveraient en début de soirée pendant que son beau-père s'occuperait du petit.

En tournant sa cuillère dans son café, Romane jura ne rien savoir. « Tu le sais bien, elle est ma meilleure amie, et si elle avait eu quelqu'un d'autre, j'en serais la première avertie. » Marin lui a aussitôt demandé si elle était capable de trahir Sarah au point de divulguer ses confidences. Un voile sombre est venu ternir le visage de Romane. Savait-elle quelque chose ? Il était condamné à l'ignorer.

Avant de quitter la capitale, Marin a contacté ses patients. Pour raison familiale, il devait s'absenter et reprendrait les consultations après la Pentecôte. Il a ensuite téléphoné à ses parents. « On arrivera pour le dîner, papa », a-t-il annoncé. Un silence s'est fait. Suivi d'un bruit de toux. Un peu plus filandreuse qu'autrefois, la voix de son père s'est déchiquetée dans le combiné. « On vous attend, mon pauvre loup. »

54

Germain

Dans la cuisine, Granny demande à Germain si son papa lui a parlé d'eux. « Je croyais que vous étiez morts », répond l'enfant. Il ne ment pas, son père lui a raconté ça. Granny pose ensuite des questions sur Sarah, alors le petit garçon évoque tous ces gens enfermés dans *La Maison des secrets*. Dans la vie, « on ne dit jamais tout », explique-t-il à sa grand-mère. Celle-ci se penche vers lui : « Tu vois, notre fâcherie avec Marin vient justement des non-dits. » Germain hésite. Il finit par lui demander si elle veut lui raconter son secret. « Si tu me le dis, négocie le petit garçon, je te montre mon jouet magique. » Il regrette aussitôt, *Clémence* le lui a fait jurer. Sa grand-mère refuse. Ouf. Germain caresse le petit objet au fond de sa poche.

Granny l'interroge encore. « Sarah aime un autre monsieur », murmure-t-il. L'enfant ignore où se trouve sa mère, mais a compris qu'elle est une menteuse. Plusieurs fois, à la crêperie, chez Zoé aussi, elle a parlé de Matéo. Germain ne l'aimera jamais. S'il en parlait à son père, il deviendrait totalement maboul.

55

Marin

Depuis huit jours, Marin retombe dans les souvenirs qui l'ont conduit à vouloir s'échapper de Fleurines. Au salon, rien n'a changé, le père a simplement acheté un autre téléviseur qui occupe tout l'espace. Jean-Pierre Pernaut n'est plus d'actualité, Laurence Ferrari l'a remplacé. Marin fait corps avec le canapé, mâchant cette phrase si peu consolatrice et pourtant répétée un nombre incalculable de fois à ses patients : *le temps répare tout.* Mais il se gardait de dire que parfois, le temps ne réparait rien. Il aggravait même la situation.

Marin n'a quasiment pas échangé avec ses parents. Aucun reproche n'a été émis : la rareté des appels, son adolescence arrogante, les mots blessants, toutes ces photos de Justine, puis de Sarah avec l'enfant, envoyées ces dernières années. C'était pour les blesser, leur présenter ceux qu'ils ne connaîtraient jamais. Du papier glacé en guise de punition.

Quand Marin se trouve seul avec sa mère, elle quitte la pièce. Entre eux planera à jamais Rémi. Dès le premier jour, il est allé traîner du côté de la maison mitoyenne.

Les Delvaux n'y logent plus, un jeune couple flanqué de deux enfants a repris les lieux. Personne pour espionner derrière le carreau comme le faisait autrefois Rémi. Marin se surprend à observer la vie chez les autres. Aujourd'hui, c'est lui le voyeur.

56

Germain

Les gâteaux n'ont pas le même goût qu'à Paris. Un peu plus gros et mous. L'enfant s'applique à les manger quand même. Sa grand-mère parle d'une ancienne amoureuse de Marin, prénommée Justine : « Elle était plus gentille que ta mère et plus belle aussi. » Germain se retient de pleurer, à sept ans on a l'âge de raison. Sa grand-mère continue : « Justine venait nous voir, à l'inverse de ta mère qui n'a jamais fait le voyage. » Germain introduit un gâteau en entier dans sa bouche. Manque de s'étouffer. Respire à nouveau. *Si papa venait me chercher, on s'enfuirait*, pense-t-il, mais son père doit être encore dans la chambre. « La première fois, ajoute Granny, elle est venue en douce chez nous et je ne me suis pas gênée pour dire ce que je pensais de Marin. Il a toujours été un con. »

57

Marin

Voilà dix-sept jours que Marin est venu s'échouer là. Il ne sait pas ce qu'il cherche, restant la plupart du temps seul. Il n'a pas revu ses parents depuis la maternité.

Lors de ses années de faculté et même au début de son exercice, il venait de temps à autre, mais il n'avait rien à leur dire. Parler de son travail aurait été incongru. Alors on évoquait les caprices de la météo, les aléas de la supérette et les horaires fluctuants du car ralliant Creil ou Senlis. D'incontestables balises auxquelles s'accrocher afin de combler les interstices. Quand la conversation finissait par s'éteindre, le téléviseur prenait le relais.

À la naissance de Germain, Marin s'est fait de plus en plus discret. Prendre ses distances avait été simple puisque ses parents n'avaient rien réclamé. Quand un cadeau arrivait pour l'anniversaire du gosse, il le planquait. Si le petit ou Sarah tombait dessus, il feignait l'ignorance.

Il faudra bientôt partir, songe Marin, allongé dans son ancienne chambre. Le lit a été remplacé par un canapé et la pièce est devenue un bureau. Du temps où il occupait l'abri de jardin, ses parents avaient quand même tenu à conserver en l'état sa piaule, même si personne n'y entrait. Un sanctuaire.

Aujourd'hui, il ignore ce qui l'empêche de rentrer à Paris. Ses journées sont dévolues à lire, à se promener dans la forêt ou dans le village qu'il a tant méprisé. Il ne répond pas à ses patients, sa boîte vocale est pleine.

La colère sourde qui l'animait s'est apaisée. Il est pourtant loin de la capitale qu'il croyait chérir. L'idée que Sarah soit avec un autre lui est moins douloureuse. Peut-être est-ce tout simplement la fin.

Son obsession à récupérer le jouet s'est également dissoute. Il se souvient du jour où Justine lui avait offert leur petit marinier. Allongé sur son lit, Marin tourne la scène pour en faire varier les points de vue, comme on peut le faire avec un kaléidoscope.

58

Marin

1991. Brasserie Le Bouquet.

Il se ronge les foies : Justine est une nouvelle fois en retard. Tirant une lourde valise, elle finit par apparaître, les yeux brillants. « À Saint-Tropez, explique-t-elle, le tournage a été dingue ! Une scène d'anthologie avec Armand Niger. » Marin commande une autre bière. *Combien de fois a-t-elle couché avec ce minable ? Et pense-t-elle encore à Matthieu Valmy, le connard de l'avenue de Suffren ?* ressasse-t-il, en regardant Justine fouiller dans son sac. De façon cérémonieuse, elle lui tend un petit bonhomme en bois aux contours élimés. Marin l'examine avec incompréhension. « Depuis toujours, chuchote-t-elle, c'est mon porte-bonheur. Tu vois, il porte une marinière comme toi, on était faits pour se rencontrer, nous deux. Ce petit jouet exauce mes vœux. On l'aura à tour de rôle. Celui qui le possédera devra relever un défi. Promets-moi de ne jamais abandonner la partie. » Marin en fait le serment. D'un geste tendre, il fait glisser le petit mousse sur la table. « Ma belle, je vais te lancer ton premier défi. Si tu le prends, on fait un enfant. » Son amoureuse fixe le marinier. Ne le touche pas. Marin lui saisit le bras. Justine a une chance inestimable de rattraper son enfance et ne doit plus avoir peur. Certes, il exerce depuis peu, n'est pas bien riche, mais un bébé sera la consécration de leur amour. Sans un mot, elle quitte la brasserie. Rentre huit jours plus tard. Jamais elle ne lui révélera où elle s'est rendue.

59

Germain

Joie, ils restent ! Germain n'a pas eu à insister. Son père a appelé l'école et ses patients mabouls. Depuis longtemps, il ne téléphone plus à Sarah. De toute façon, elle doit faire des câlins à Matéo, et si Germain en parlait, Marin ferait comme avec le jouet : il le traquerait. L'enfant en ignore la raison. *Clémence* a été claire : ne surtout pas le montrer. Dans l'appartement de la rue Daguerre, l'enfant lui avait trouvé une cachette sous la baignoire. La trappe était l'endroit idéal pour le glisser. Et puis, Sarah passait trop de temps à se faire belle dans la salle de bains. « Le jouet la punira. » Tel est le vœu de Germain qui tourne l'amulette au creux de sa poche.

60

Germain

Dans la commode, à côté des grandes culottes de Granny, il déniche une photo sur laquelle se trouve *Clémence*. Germain pouffe. La nounou est assise près de Papou et porte une robe à fleurs jaunes. En examinant le cliché, le petit garçon se dit qu'il n'a raconté à personne qu'il la voyait dans le bois, ces derniers jours. S'il en parlait, il se ferait disputer. L'enfant glisse la photo dans son pantalon, avec l'élastique elle ne tombera pas. Sans faire de bruit, il sort de la chambre, descend les hautes marches, et, une fois dans l'entrée, enfile ses bottines. Au jardin, il trotte jusqu'aux arbustes masquant la cabane. La porte grince. Hier, son père lui a raconté avoir dormi là pendant des années. Le garçon hésite à s'asseoir sur le matelas mouillé, attrape finalement un livre humide rempli de photos d'animaux. Un coucou, un aigle, un lapin, un loup. Au loin, son père l'appelle. Le cœur du garçonnet s'emballe, il repose en toute hâte l'encyclopédie, sort de l'abri et s'élance vers Marin. « Je suis là, mon papa ! »

61

Adrienne

En observant Germain plonger le museau dans son verre de lait, Adrienne se dit que le gosse finira comme Marin. La vie ne le sauvera pas.

Daniel a décidé seul que Germain les appellerait Papou et Granny. *Une idée de couillon.* Dans les colis qu'il faisait parvenir au gamin, il signait pour eux : *Granny et Papou*, ça n'aurait tenu qu'à elle, rien n'aurait été envoyé. Trois semaines auparavant, quel désastre de les voir débarquer, mais Marin reste malgré tout son fils. La main d'Adrienne plonge dans la boîte à biscuits, elle déglutit face au môme. Le voilà qui extirpe de son pantalon une photo jaunie pour la poser sur la table. Adrienne chausse ses lunettes.

– La photo était dans la commode, tu as fouillé ?

Le gamin fronce le nez, Granny se renfrogne.

– De toute façon, tu la connais pas. Elle s'appelle Justine.

– Non, c'est *Clémence*, glapit le mioche.

– De la bave sort de la bouche des menteurs. Je t'ai déjà parlé de Justine l'autre jour. Elle venait nous rendre visite en cachette. Elle était bien plus gentille que ta mère.

Les fines lèvres du petit tremblotent.

– Tu veux que je te raconte l'histoire de Justine ? demande Adrienne avec une douceur soudaine.

L'enfant hésite puis secoue la tête.

– Justine a été abandonnée. On l'a placée dans des familles d'accueil. Mais à neuf ans, elle avait déjà ses règles. Du coup, c'était fichu pour l'adoption.

Adrienne réfléchit avant de reprendre.

– Elle inventait des histoires. Prenait des habits qui n'étaient pas à elle, même les nippes de l'assistante familiale. Alors on la déplaçait. Et puis, à dix-huit ans, elle a mis les voiles.

La vieille dame épie le gamin avant de poursuivre à voix basse.

– Quand elle était là, on regardait la télévision. Elle avait obtenu un rôle dans une série. Tu comprends ?

Les yeux brillants, le garçonnet se perd dans son verre de lait.

– Un jour, elle a téléphoné pour dire qu'elle attendait un bébé. Elle a promis de nous présenter Germain quand il serait né. Tu vois, tu t'appelles comme lui.

L'enfant redresse la tête. Sa bouche avance comme s'il voulait téter.

– Et puis, il est mort. Couic. Une fausse couche. Ton père est devenu encore plus con. À l'heure actuelle, Justine doit être morte elle aussi. Comme Germain. T'as pris sa place.

62

Adrienne

Adrienne fixe les fleurs du papier peint. Bien entendu, elle n'a pas tout dit. De toute façon, le moutard s'est empressé de déguerpir.

Lorsque Justine a débarqué, c'était quelques semaines après sa fausse couche. Auparavant, Marin l'avait mise à la porte, comment son fils avait-il pu décider une chose pareille ? Elle était donc venue chez eux, à son insu. Adrienne lui avait raconté la méchanceté de Marin, sa violence sourde. Des heures entières, dans le jardin, à tenter de convaincre la brave fille d'oublier sa mauvaise pioche. Lui assenant ces vérités, Adrienne savait que ses conseils étaient en réalité adressés à elle-même.

Elle s'était résolue à lui confier son secret. Son amour pour le voisin et le reste aussi. Justine était admirable, sans jugement, et elle avait conclu en disant comprendre mieux son *amoureux*, au grand désespoir d'Adrienne qui aurait préféré la voir tourner la page. Quelques jours plus tard, Justine s'était rendue à Paris, elle pensait que tout pouvait reprendre. Mais en la découvrant sur le perron de son cabinet, Marin l'avait menacée d'appeler les flics, un vrai salaud. Rebelote. Chez eux, dans l'abri, à pleurer. Au fil des semaines, elle a commencé à émerger.

Elle voulait reprendre son métier de comédienne aussi toutes deux ont épluché les petites annonces, trouvé un logement à Paris. Quand elle est partie, Adrienne a repensé à leurs conversations. Justine l'avait encouragée à vivre pour elle. Pourquoi rester avec un mari qu'elle n'aimait plus ? Alors elle a parlé à Rémi. Certes, elle n'était plus une jouvencelle, mais ils avaient encore de belles années à tirer. Elle lui a donné rendez-vous aux menhirs des Indrolles. Pour rester honnête, elle a prévenu son mari qu'elle le quittait. Quand Adrienne s'est rendue dans la forêt, sa valise de rien du tout en main, Rémi ne s'y trouvait pas. Il était parti. Avait plaqué son épouse, son fils et elle, la femme trop vieille pour faire rêver qui que ce soit.

63

Marin

Sur le seuil de la cuisine, Marin hésite. Il finit par entrer, et s'assoit près de sa mère. Se remémore le surnom qu'il lui avait donné autrefois. *La vieille*. En réalité, elle ne l'était pas encore. *Et moi, aujourd'hui, est-ce que je me sens vieux ? Un peu*, estime-t-il après réflexion. *Mais pas tant que ça. Peut-être pourrais-je lui demander pardon. Pardon pour l'avoir tourmentée. D'être l'enfant d'un autre.*

Souvent, Marin a pensé que si son père avait refusé d'être pris pour un con, tout aurait changé. Le vieux les aurait flanqués dehors, leur intimant de partir avec Rémi. Il ignore s'il s'agit vraiment de son souhait ou d'un fantasme entretenu pour justifier sa rancœur. Encore maintenant, il continue à avoir en horreur la petite vie de ses parents. Et il méprise ce sentiment, éprouvant combien ses pensées l'emprisonnent à son tour.

Il observe sa mère mâcher un gâteau. *Tu sais, maman, aujourd'hui, encore, j'ai les armes pour blesser*. Face au visage impassible d'Adrienne, il en vient à penser que ces mots ne franchiront jamais la frontière de ses lèvres.

64

Marin

Dans la forêt, Marin a montré à Germain le menhir qu'il avait autrefois tagué. Son fils lui a fait la leçon. « On ne peut pas faire du mal aux pierres et aux gens comme tu fais tout le temps. » Marin n'a rien trouvé à répondre à un enfant de sept ans, occupé à définir les contours du bien et du mal. Sur le chemin du retour, il s'est figé quand Germain a dit :

– Granny, elle aime Justine plus que Sarah.

Marin l'a dévisagé.

– Tu parles de Justine de la photo ? Celle que tu as trouvée dans la commode de Granny ?

En regardant son fils dodeliner du chef, Marin n'a pu s'empêcher de vouloir ce cliché. Son amoureuse se tenait-elle sur la Grande Roue ou devant une cage du Jardin d'Acclimatation ? Sondant le petit, il a essayé de le deviner. Il avait envoyé tellement de photos de Justine à ses parents, impossible de déterminer laquelle avait fait mouche. Le gosse a voulu savoir s'il aimait Justine davantage que Sarah. Devant son mutisme,

Germain a crié. « Tu es méchant, papa ! » À l'écoute de cette vérité, Marin a gardé le silence. Toutes ces années, le fait que Justine puisse réapparaître l'a hanté. Il le redoutait autant qu'il le désirait.

65

Germain

Seize heures, le moment de la sieste. À pas de loup, Germain sort de la chambre, descend l'étage, ouvre la porte pour se précipiter dehors. Il récupère son vélo, le traîne jusqu'au portail. Il a l'interdiction d'en faire seul dans la rue, tant pis, il gagne quand même l'église pour faire quelques tours de piste sur la place de la boulangerie. Se rendre sans accompagnement à la forêt est également défendu, mais voilà, il pédale sur le chemin descendant. Au-dessus de sa tête, une buse. Le ventre noué, l'enfant donne de grands coups de pédales.

Contre le poteau des Blancs-Sablons, le garçonnet adosse sa bicyclette. Il tourne autour en chantonnant. *Germain le mort. Couic. Justine la morte. Couic.* Un crépitement de feuilles sèches le stoppe net. Cœur battant, il se baisse. Son père sera furieux d'apprendre qu'il est sorti sans sa permission. C'est alors qu'il l'aperçoit.

66

Justine

Dimanche 6 juin. 16 h 35
Forêt d'Halatte – Poteau des Blancs-Sablons
– Commune de Chamant.

– Bonjour, mon poussin, est-ce que tu me reconnais ?

67

Sarah

Sans un bruit, Sarah tire du placard trois hauts, un pantalon, deux pull-overs. Elle rassemble à la salle de bains quelques affaires, griffonne à la va-vite un message. Quitte l'appartement. Le jour se lève tout juste, elle marche en direction des catacombes. Malgré la nuit sans sommeil, la fatigue ne se fait pas encore sentir. *Finalement, cet endroit aura toujours été celui de Marin. La rue Daguerre, jamais la mienne. Le caviste, la boulangerie, Le Bouquet, j'ai cru me les approprier mais ils resteront ceux de Marin.*

Place Saint-Michel, elle observe le chassé-croisé des lève-tôt. Une sensation de liberté retrouvée la gagne, elle poursuit sa marche. *Germain sera mieux avec son père, il n'en sera pas triste, probablement en colère, comme moi, autrefois. On peut reprocher beaucoup de choses à Marin, mais en aucun cas celle de négliger le petit*, admet-elle en s'installant à une terrasse. Un jeune serveur approche, elle commande un allongé. *Matéo me quittera probablement dans quatre ou cinq ans, il est trop jeune. Pour l'heure, je pourrais aller chez Romane*, songe-t-elle, avant de se souvenir que sa meilleure amie avait été la première à l'encourager à poser ses valises pour miser sur Marin.

Sa tasse reposée, elle sort son portable et écrit un message à Benji : *Tu trouveras à me remplacer. J'arrête.* Sa main glisse dans son portefeuille pour en tirer le papier sur lequel se trouve le numéro de téléphone de *Clémence*. Malgré l'heure matinale, elle l'appelle. Lorsque l'actrice décroche, Sarah bredouille, sanglote. Note l'adresse de la comédienne avant d'abandonner quelques pièces sur la table. L'âme perdue, elle s'engouffre dans le métro direction Reuilly-Diderot.

68

Justine

Mardi 11 mai - 9 h 15
69, boulevard Diderot – Paris XIIe arrondissement
– Domicile de Justine Roy

Elle ouvre la porte et observe la jeune mère. Un animal pris au piège. Des cheveux emmêlés, un chemisier de guingois sous un imperméable froissé, un sac de voyage, pendu à son maigre poignet. Justine se dégage de l'entrée. Sarah pénètre dans le studio. Ses yeux étonnés embrassent les lieux : un canapé, une table, deux chaises de trottoir, une étagère en mélaminé. Ici, ni tapis, ni bibelots, ni plantes. Mais des cartons de déménagement. « Je n'habite là que depuis quelques mois », improvise Justine avant de proposer un thé que Sarah refuse dans un geste vague englobant cette vie qu'elle entraperçoit. Hésitante, elle s'assoit malgré tout à l'extrémité du canapé. Son sac aux pieds, elle pourrait se trouver au sein d'une salle d'attente, patientant jusqu'à ce que l'appel de son nom la délivre de cet espace incommode. Son bras rougi révèle qu'elle s'est frottée jusqu'au sang. Une biche blessée. Justine se précipite vers elle pour l'enlacer. Les cheveux lisses de Sarah sentent la fleur, ses os paraissent si fragiles qu'ils pourraient se briser sous son étreinte. Pour la première fois, Justine comprend le choix de Marin. Dans une autre vie, une autre histoire, elle aurait pu à son tour aimer cette femme. Une amitié serait née. Elle se serait confiée. Son amour évidé, son ventre inutile, ces années à patienter d'être choisie. Elle lui aurait avoué combien le regard de Marin l'a sauvée. Mais Justine se tait et Sarah finit par se détacher : « Je suis partie. Ils vont aller chez les grands-parents. Germain se rendra à peine compte que j'ai disparu. Il chantonne ton prénom tout le temps. Il t'aime. » Après une hésitation, Sarah se lève, chancelle puis se reprend. La main accrochée à son bagage, elle se retrouve soufflée telle une feuille jusqu'au seuil.

Durant les vingt minutes qui ont précédé cette intrusion, Justine a pris soin de dissimuler les traces de Marin mais en a oublié une. Un portrait aimanté sur le frigidaire. *Sarah l'a-t-elle vu ? A-t-elle deviné ?*

Justine ouvre le placard, en extirpe des habits, fourre la photo dans son sac. Direction gare Saint-Lazare.

69

Justine

Dimanche 6 juin. 16 h 35
Forêt d'Halatte – Poteau des Blancs-Sablons
– Commune de Chamant.

– Tu t'appelles Justine ou Clémence ? demande Germain, la main posée sur le poteau des Blancs-Sablons.

– Maintenant, Justine.

L'enfant se jette dans ses bras. En caressant ses mèches ensoleillées, elle lui rappelle sa promesse. *Être ensemble pour toujours.* Germain sort de sa poche le jouet. Grâce à lui, il ne fait plus pipi en dehors des toilettes.

Le doigt de Justine pointe un chemin bordé de hauts sapins touffus.

– Depuis un mois, j'habite Chamant. C'est là-bas, tu vois ?

– Je peux venir avec toi ? demande Germain.

De la pointe de sa basket, elle cogne le cadre du vélo.

– D'accord, mon poussin. Mais laisse ta bicyclette ici. Les deux roues, c'est pour les idiots. Ton papa répétait toujours que tu n'en aurais jamais.

70

Pascal Hernandez

– Vous permettez que je vous appelle Sarah ?

Elle a un geste un peu las que l'homme de loi interprète comme un acquiescement.

– Alors dites-moi, Sarah, où se trouve le coucou mâle quand la femelle agit de la sorte ?

– Disparu. Depuis le premier jour.

– C'est donc lui, l'imposteur. Le grand coucou mâle, réplique Hernandez en se redressant sur sa chaise.

Sarah hoche la tête en signe de dénégation.

– Vous ne comprenez pas, inspecteur. On a tous été des imposteurs. La femelle autant que le mâle.

– IV –

71

Sarah

Au moment des faits, Sarah aide Matéo à repeindre le plafond. Elle est perchée sur un escabeau, et son téléphone sonne pour la énième fois. Après l'avoir harcelée, Marin, Romane, Benji et son père ont fini par comprendre : elle les rappellera en temps voulu. L'appel est suivi d'un nombre incalculable d'autres. Agacée, elle s'approche de la table du salon sur laquelle repose son portable et avise le dernier numéro : encore son mari. Matéo vient l'enlacer. Sarah se raidit : depuis son arrivée à Saint-Flour, il ne la laisse pas respirer. Sa jeunesse semble lui donner tous les droits, voilà qu'il se lance dans des conseils avisés : elle devrait jouer franc-jeu, le temps est venu de parler, elle divorcera, cherchera du travail dans la région. Matéo dit cela d'un ton caressant, un rien laineux.

Téléphone en main, Sarah s'éloigne de la maison. Motard, le vieux bâtard au pelage jaune, la suit à la trace. Il l'a tout de suite adoptée. Pourtant la jeune femme n'a jamais aimé les chiens, cela faisait même l'objet de plaisanteries avec Marin. Avouer cette incompatibilité à Matéo serait impossible. Il ne comprendrait pas. Sarah observe l'animal remuer la queue, avant de se décider à lui gratouiller l'arrière des oreilles. Une fois essuyées ses mains sur son denim, elle s'adosse à la barrière bringuebalante. Son regard se perd dans le jardin broussailleux. Le soleil tombe sur les herbes hautes et l'ombre a déjà recouvert le toit de la grange. Un paysage dont elle a rêvé ces derniers mois. Ici, pas de hamac où se pelotonner mais une grange à retaper. Et Céline, la sœur hippie de Matéo, à tenter d'apprécier. Sarah imagine cette boutique dans le quartier du Marais où elle aimait donner rendez-vous à Romane pour dénicher de belles pièces. À Saint-Flour, pas de jolies marques de luxe. Absolument rien. Une boutade, qu'aurait pu lui lancer Marin, lui revient : *Quelle est ta destination, cette fois, ma belle ? Perpette-les-Alouettes ou Trou-en-Cambrousse ?* Les yeux de Sarah se plissent sous le coucher du soleil. *La seule chose vraie et terrible de mon existence est que mon fils ne me manque pas.*

Elle compose le numéro de Marin. À la première sonnerie, il décroche. « C'est Germain, bégaie-t-il. Il a disparu cet après-midi. On est chez mes parents. Un avis de recherche va être lancé. » Les jambes de Sarah flageolent, elle flanche. Motard lui lèche le visage, elle le repousse avec dégoût tandis que l'image de *Clémence* vient de s'immiscer en elle. Se redressant, elle s'accroche à la barrière et aux murmures de son époux. Sur le cliché entraperçu dans la studette à Reuilly-Diderot, elle s'en souvient, Marin défiait l'objectif avec un sourire qu'elle ne lui connaissait pas. Il semblait pris dans un jeu, et en la découvrant aimantée sur le frigidaire, Sarah avait eu la confirmation de ses ressentis. *Clémence* lui avait volé son mari depuis le début.

Prise de sanglots, elle s'élance. Sur le palier, elle repousse Matéo, monte quatre à quatre les escaliers jusqu'à la chambre, reliée à son époux dans cette angoisse insoutenable. Comme ivre, elle fait son bagage, assiégée par cette autre évidence que la photographie avait mise en lumière. *Depuis le début, avec Marin, tout est loupé*. Pensée qui l'avait soulagée parce que dédouanée. « J'arrive », gémit-elle au téléphone.

72

Marin

Les voisins ont été interrogés ainsi que les commerçants du bourg. La seule déclaration susceptible de faire progresser l'enquête a été celle de la boulangère qui a affirmé avoir vu le gosse tourner à bicyclette sur la place de l'église. « Il était dans les 16 h 15. Ensuite, il a pédalé sur le sentier menant à la forêt. J'ai trouvé curieux de laisser un gamin de sept ans sans surveillance », affirme-t-elle, bras croisés sur la poitrine, tandis que Marin se tient à deux mètres derrière les gendarmes, rongé par la culpabilité.

Dès 18 heures, le bois commence d'être ratissé. Le vélo est rapidement retrouvé. Il constitue une pièce à conviction pour la scientifique. Marin, qui a toujours haï les bicyclettes, regrette d'avoir donné son accord pour acheter une telle connerie à leur fils. De toute façon, c'est la faute de Sarah, il se le répète, sans sa fuite, rien de tout ça ne serait arrivé. Il en veut aussi à cette atmosphère lénifiante qui l'a conduit à baisser la garde ces quatre dernières semaines. Faire des siestes en plein après-midi, une folie. *Comment mon fils a-t-il pu sortir de la maison sans réveiller personne ? Quelqu'un a dû l'attirer à l'extérieur. Peut-être un patient. Mais comment aurait-il pu me suivre jusqu'à Fleurines ?* Les questions sans réponse l'assaillent.

La brigade de gendarmerie repartie, Marin s'effondre au salon. Son père tente de lui venir en aide. Appuyé sur son déambulateur, il lui donne des coups de pied en répétant que son *pauvre loup* doit se redresser. Sa mère reste recroquevillée dans le canapé face au téléviseur éteint. Il aura donc fallu ce drame pour venir à bout du direct de BFM.

Marin aimerait une trêve. Il hait tout le monde dans cette maison à commencer par lui-même.

73

Pascal Hernandez

Au cours de sa première audition, Marin Dante croit bon de glisser, avec une certaine suffisance malgré la douleur, combien il est important de *vouloir son désir*. À ces mots, l'inspecteur Hernandez tique, se souvenant du nombre de crimes commis par des personnes soi-disant *guéries*. Ainsi ces égarés voulaient-ils consciemment faire le mal, blesser ou pire, tuer leur prochain, avec l'aval de leur praticien ?

Lorsque les psychiatres, psychanalystes et autres psychologues étaient convoqués après un crime commis par leurs patients, ces thérapeutes, tenus par le secret professionnel, n'avaient pas honte d'affirmer que leur travail ne consistait en aucun cas à normaliser la vie de leur client, mais à faire en sorte que leurs désirs accèdent à la conscience pour *s'extasier de leur symptôme*. Rendre l'inhumain à l'humain. Vouloir son désir. Le début des emmerdements.

Depuis la disparition de son fils, Marin Dante se démène pour déterminer qui de ses patients a pu le suivre jusqu'à Fleurines pour mettre au point cet enlèvement car, « mis à part cette hypothèse grotesque, je ne vois rien d'autre », ajoute-t-il en cherchant une réponse dans les yeux de l'inspecteur. Ce dernier suppose d'instinct que son homme ment.

À cinquante-six ans, Pascal Hernandez est un professionnel aguerri. Il jauge le psychologue afin de déterminer si, pour une obscure raison tenant justement au *désir*, ce type n'a pas commandité l'enlèvement de son propre enfant. Le policier sent qu'il a affaire à un homme intelligent, armé par le langage, et dissimulateur. Plusieurs fois, Marin Dante a évoqué son horreur des faux-semblants, mettant en exergue la vie droite qu'il mène avec son épouse, Sarah Plasky. Hernandez en a assez fait l'expérience, les personnes les plus perverses sont celles qui se targuent de leurs vertus et n'hésitent pas à pointer la monstruosité des autres. Le plus invétéré au jeu reprochera les loisirs ineptes de son frère et le moins fidèle traquera sa femme soi-disant aguicheuse. Le cochon aura beau vouloir faire le paon, il pavoisera quand même avec sa queue en tire-bouchon.

74

Sarah

Le lendemain, Sarah arrive à la gare de Saint-Maixant. Marin l'attend sur le quai, visage défait. Il ne lui demande pas ce qu'elle faisait à Pétaouchnock, mais l'enlace, abrité un temps de l'angoisse. En rejoignant la voiture, il lui raconte ce qu'il sait, en l'occurrence pas grand-chose, excepté le vélo retrouvé au poteau des Blancs-Sablons. Sarah n'accable pas son époux d'être resté autant de temps à Fleurines, presque un mois sans école, et sans surveiller leur fils. Elle se tait, coupable de sa fuite, de son manquement à son rôle de mère, de son indifférence. C'est elle qui a jeté son enfant dans la gueule du loup. *Je suis un mégapode, un balbuzard, un coucou, un aigle de Verreaux, Marin avait raison*, se répète-t-elle, avant de promettre : « On fera front ensemble pour retrouver Germain *coûte que coûte.* »

En googlisant la comédienne, Sarah a mis la main sur la seule actrice répondant au nom de *Clémence Boltéreau*. Cette femme épinglée sur les réseaux ne correspond pas au profil de la brune. Sarah a tenté de se rassurer : tout le monde le sait, les homonymes existent, mais une petite voix est aussitôt venue lui souffler une vérité plus âpre : *Quelle probabilité pour deux personnes au patronyme identique d'exercer la même profession ?* La possibilité que cette femme ait usurpé l'identité d'une autre la glace.

Durant le trajet en train, elle a tout passé à la radioscopie. Les yeux de *Clémence* cherchant Germain, ses tickets de manège brandis à tour de bras. Et elle, mère indigne, cramponnée à son portable telle une bernique à son rocher. Elle, encore, qui avait perdu son fils sur la place Denfert-Rochereau, car c'est ainsi que tout avait débuté. Elle revoit la prédatrice à l'appartement, droite sur la méridienne, avec ses histoires de baignoire, de jeux malsains. Mais elle avait préféré éluder comme pour la photo. Ses mots balbutiés deux mois auparavant à Matéo lui reviennent : *Je dois juste m'arranger*. Sa vie n'était qu'une somme de petits arrangements.

75

Pascal Hernandez

L'inspecteur considère le couple. De la mauvaise carne, surtout la vieille Adrienne Dante.

Depuis qu'elle est entrée dans son bureau pour venir s'effondrer sur cette chaise inconfortable faute de moyens alloués à la police, on dirait qu'elle mâche un vieux reste qui ne passerait pas. Ramassé à ses côtés, son mari qui surveille son déambulateur comme s'il craignait de le voir disparaître.

– Monsieur Dante, vous dites ne pas avoir vu Germain pendant sept ans, c'est bien ça ?

– Voilà, répond Adrienne à sa place. Mon fils ne venait jamais à Fleurines. Sa famille lui fait honte. Mon époux était employé à Carrefour.

L'inspecteur la jauge. Il imagine la revanche sociale de Marin. Hernandez, lui, n'aura rien fait d'autre que de porter le flambeau de son père, brigadier-chef. Son regard balaie les Dante. Inutile de les fatiguer davantage.

– Je comprends, madame, mais nous allons nous en tenir à la procédure et aux faits. Que faisiez-vous le jour de la disparition de votre petit-fils, entre 15 h 30 et 17 heures ?

– On dormait. Comme chaque jour, on fait la sieste. Le moutard s'est enfui. Comme Marin. Il prenait son vélo pour Halatte et ne revenait pas avant le soir. Tel père, tel fils.

– À la différence, cette fois, que Germain n'est pas revenu et qu'il n'a que sept ans. Et vous, monsieur, vous dormiez aussi, entre 15 h 30 et 17 heures ?

Le père Dante semble apeuré. Le policier fronce les sourcils.

– Avez-vous entendu ma question ?

– Ma femme vous l'a dit. On dormait. Ça va durer longtemps ?

– Pensez-vous que quelqu'un a pu l'attirer dehors ? s'échauffe Hernandez. Germain s'était-il fait des amis ?

– Des amis ? ricane Adrienne. Pensez donc, un gamin tête en l'air. Pas très causant du reste. Comme tous les hommes de la famille.

Dans un silence poisseux, Hernandez enregistre la déposition, tentant de faire fi de son aversion pour la vieille Dante. Malgré tout, comment peut-on abandonner ses parents ? Lui-même s'est astreint, les dernières années de la vie de son père, à lui rendre visite trois fois par semaine, qu'il pleuve, neige ou vente. À ce rappel, le policier ressent une vague tristesse qu'il balaie en se redressant sur son siège.

– Connaissez-vous des ennemis à votre fils ?

– Marin est un con, rétorque Adrienne Dante.

Un sourire affleure sur les lèvres du policier.

– Il ne faut pas lui en vouloir, inspecteur, susurre l'époux. Marin a un caractère un peu colérique. La femme qu'il avait avant cette Sarah…

– Tu dis n'importe quoi, le coupe Adrienne. Puisqu'on vous dit qu'on sait rien de la vie de notre fils !

Hernandez ôte ses lunettes carrées pour en essuyer les verres. D'une voix douce, il demande :

– À quelle femme faites-vous allusion, monsieur ?

– À personne, répond Daniel dans un sursaut.

Le policier griffonne consciencieusement quelques mots sur son calepin avant de fixer le père Dante. Mal à l'aise, le vieil homme cherche du soutien auprès de sa femme.

– Mais avez-vous bien fait votre travail ? s'énerve Adrienne en frottant ses mains comme si elle cherchait à les limer. Un des patients de mon fils a pu le suivre jusque chez nous.

– Nous épluchons cela, répond l'inspecteur avec agacement. Et dans le village ? Personne pour en vouloir à Marin ?

– Il y aurait bien quelqu'un…, émet Adrienne en se tournant vers son mari.

Ce dernier écarte l'idée d'un revers de la main.

– Des histoires de gosses, tout ça. Jérôme se chamaillait avec Marin autrefois, mais il ne vit plus ici depuis longtemps. Il n'a rien à voir avec la disparition du petit.

– Je prends note tout de même, réplique Hernandez avant de faire glisser devant lui son calepin. Jérôme comment ?

– Jérôme Delvaux. Le fils du voisin, réplique Adrienne, le menton relevé.

76

Sarah

Convoquée au commissariat de Creil l'après-midi, Sarah demande à être entendue sans son mari. Prostré dans le couloir, Marin ne moufte pas.

À Pascal Hernandez, elle parle de cette *Clémence Boltéreau* à l'identité trouble, de la photo de Marin aperçue sur le frigidaire, et de sa propre fuite pour retrouver un autre homme, Matéo Grimaldi. Elle fournit l'adresse de la comédienne à Paris et celle de l'ébéniste à Saint-Flour. L'inspecteur enregistre sa déposition sans émettre le moindre commentaire. *Ce type a une bonne cinquantaine et sa calvitie précoce a dû lui causer bien du tracas*, cette idée traverse Sarah alors que toutes ses pensées ont été, ces vingt-quatre dernières heures, dirigées vers la disparition de l'enfant. Hernandez finit par relever la tête pour lui demander pourquoi elle ne s'est pas méfiée en apercevant la photographie de son mari chez cette femme. « Cela ne vous a pas paru possible que cette *Clémence Boltéreau* en veuille à votre famille ? Vous êtes quand même partie rejoindre votre amant en Auvergne ? »

Sarah lui est presque reconnaissante de partager avec elle ce jugement médiocre sur sa personne. Incapable de s'expliquer, elle sanglote. *Va-t-il me parler de complicité de malfaiteurs*, se demande-t-elle en rangeant son kleenex trempé dans sa poche. Hernandez la dévisage : « Je vais vérifier l'identité de cette personne, madame Plasky, ne vous inquiétez pas. Les homonymes sont légion. Moi-même, je connais un Pascal Hernandez. Pas policier, certes, mais éleveur canin. C'est peut-être vers cette profession que j'aurais dû me diriger, d'ailleurs. Et si vous me cherchez sur vos réseaux, ce sera aussi en pure perte. Je n'apparais nulle part. En attendant, essayez de vous calmer. Je dois interroger votre mari », fait-il en la raccompagnant à la porte.

77

Pascal Hernandez

Le psychologue affirme haut et fort ne pas connaître *Clémence Boltéreau*. Son regard trouble laisse cependant entrevoir des zones d'ombre. « À quoi pensez-vous ? » demande l'inspecteur. Marin Dante se fige avant de poser ses mains de façon étudiée sur le bureau en mélaminé. Face à cette poigne épaisse, le policier ne peut se départir d'un sentiment d'infériorité dont ce type se serait bien régalé dans son cabinet. On respecte toujours le *sachant* tandis qu'un profil comme le sien, à savoir un policier besogneux et tenace, ne récolte guère de lauriers.

– Dites ce qui vous vient. Je n'ai pas votre tact, mais il me semble avoir compris que vous procédez ainsi avec vos patients.

Surpris, le psychologue se racle la gorge avant d'extraire de sa poche son téléphone pour consulter un message (réel ou imaginaire ?). Un malaise se fait sentir. Marin Dante se décide à parler.

– Je vous l'ai dit, cette *Boltéreau* m'est inconnue. Cherchez plutôt du côté de Justine Roy.

Hernandez s'empresse de noter sur son calepin les mots *amour nécessaire, famille d'accueil, passion, adresse identique, sept ans de vie commune, actrice, fragilité mentale, maison de repos.* Un florilège pour un bouquet bien puant. À la question de savoir si Marin continue à la voir, ce dernier dément de prime abord avant de finir par lâcher le morceau : le mois dernier, alors qu'il fêtait l'anniversaire de Sarah, il a aperçu son ancienne compagne rôder en bas de leur appartement. Elle serait entrée en contact avec son fils. Preuve en est l'intrusion d'un jouet symbolisant l'amour que tous deux se portaient.

– Un jouet ? reprend aussitôt l'inspecteur, sourcils froncés.

– Oui. Un bonhomme en bois que Justine m'avait offert il a longtemps. Celui qui le possédait lançait son propre défi. On se l'échangeait à tour de rôle. Après notre séparation, Justine l'a gardé. Enfin, vous ne comprendrez sans doute pas l'utilité de ce passage de témoin : le jouet canalisait les bas instincts…

Marin Dante laisse sa phrase en suspens, et paraît soudain exténué. Pascal Hernandez se racle la gorge. Effectivement, il ne saisit pas.

– Ce qui m'importe, enchaîne le policier, n'est pas de trouver un sens à vos petits jeux, mais plutôt de mettre au jour les conditions de la réapparition de ce… jouet, comme vous le nommez.

– Justine l'a offert à Germain. Mais le petit le garde caché, je n'ai pas pu mettre la main dessus.

– Dans ce cas, comment être certain qu'il s'agisse bien de ça ?

– Mon beau-père, Jean Plasky, me l'a décrit. Croyez-moi, Justine a donné à Germain le jouet. Ensuite, elle l'a enlevé. C'était son défi.

78

Pascal Hernandez

Le casier judiciaire de Justine Roy révèle qu'en 1994 la jeune femme a été arrêtée à la suite d'un accès de folie chez un caviste de la rue Daguerre. À la lecture du procès-verbal, Hernandez se demande si l'actrice, en concassant les bouteilles sur le sol du Repaire de Bacchus, avait crié de joyeux *Opa*, à la manière grecque. Si tel en a été le cas, son allégresse avait dû être de courte durée, car le signalement avait été donné par Marin Dante, son compagnon de l'époque, s'amusant du spectacle sur le trottoir d'en face.

Quelques attentats à la pudeur sont également mentionnés, du temps où Justine vivait avec Marin. La suspecte avait donc pour habitude de se promener nue chez eux, ce qui, selon l'article 222-32 du Code pénal, aurait pu lui valoir un an d'emprisonnement assorti d'une amende de quinze mille euros.

Rien de bien méchant jusque-là, se dit le policier en faisant craquer ses doigts, étant entendu que pour générer une telle plainte, il faut bien un voyeur.

79

Sarah

Dans ce même bureau, Sarah apprend l'existence du jouet. Ni Marin ni l'inspecteur ne daigne lui en dire davantage, mais elle comprend, s'échinant à recouper les informations, qu'un objet en bois, ressemblant à un marinier tenant une canne à pêche, est depuis six semaines apparu dans leur appartement. « Sarah m'avait offert un truc du même genre, précise son mari. Une sorte de Mickey en Jean-Paul Gaultier.

– Et ce ne pourrait pas être tout simplement avec ce Mickey que jouait en secret Germain ? réplique l'inspecteur d'un ton narquois.

– Impossible. Je l'ai jeté à sa naissance. Il s'agit bien du jouet.

Pas un regard pour Sarah qui vient de comprendre que leur relation repose, depuis le premier jour, sur un leurre. L'intérêt de Marin pour sa piteuse offrande n'était en aucun cas le signe qu'il la désirait, mais plutôt la preuve qu'il convoitait *l'objet originel*. Une sorte de glissement ridicule dont Marin se serait bien amusé dans son cabinet si un patient le lui avait rapporté.

« Vous voyez, inspecteur, jargonne à présent son mari, ce soir-là avec Sarah, au restaurant, le Bearbrick a joué le rôle de *vecteur*. » Hernandez affiche un air surpris, alors l'autre imbécile poursuit de plus belle. « Quant à notre jouet avec Justine, il avait une fonction symbolique. *Tiercéiste* si vous préférez, puisqu'il permettait de nous *absenter*. » Pulvérisée par ce galimatias, Sarah se ratatine sur elle-même. Elle avise son mari et remarque seulement qu'il ne porte plus sa marinière, mais une vieille chemise, sûrement une de son père, qui repose sur son ventre gras. Tentant de se redresser, elle cherche du soutien auprès d'Hernandez, mais celui-ci paraît vouloir gagner du temps. La main ratissant son crâne dégarni, il évoque la petite madeleine de Proust : « Le Bearbrick aurait-il agi de la même façon ? » Un sourire amer défigure le visage de Sarah. Les deux hommes débattent depuis dix minutes d'un minable jouet et aucun d'entre eux ne l'a interrogée pour savoir ce qu'elle en pense. Combien cette affaire vient de briser sa vie.

80

Ursula Danker

Ursula Danker se réjouit de recueillir tant de détails sur *Mme Boltéreau*. Sarah décrit en effet avec application la longue chevelure bouclée et brune, les yeux verts en amande, le nez aquilin, la peau mate, mais aussi la haute stature, la poitrine plantureuse, les cuisses sportives moulées dans des denims sombres. Ainsi que les baskets et le chouchou dans les cheveux. Bien plus qu'il n'en faut. La portraitiste assermentée soumet une partie de ces données au logiciel de reconnaissance faciale. Attente des deux femmes. La suspecte n'est pas répertoriée. Contrariée, Ursula peaufine le portrait-robot, guidée par des images glaciales fournies par la témoin tels que *des doigts tranchants*, *un regard sans fond, des dents acérées.*

« Un monstre ! » s'exclame Sarah en pensant à elle-même.

Semblable à un fantôme, Marin entre dans le bureau, suivi d'Hernandez qui referme la porte sur eux. Le policier lui fait signe de s'asseoir. Les épaules voûtées et le teint livide, Marin s'abandonne sur la chaise jouxtant celle de Sarah tandis que l'inspecteur examine le portrait-robot. Il le fait glisser sur le bureau à l'intention de Marin. D'une voix atone, ce dernier confirme qu'il s'agit de Justine Roy. Il parle de la fausse couche un an avant leur séparation. Sur la méridienne, elle avait perdu beaucoup de sang. L'enfant se serait appelé Germain ; jamais il n'a aimé une femme avec tant de passion. Il balance tout ça avant de se taire. Un cri aigu sort de la bouche de Sarah.

81

Adrienne et Daniel Dante

– Non, inspecteur, on ne connaît pas de Justine Roy. On vous l'a dit, on n'avait pas revu notre fils depuis sept ans. Et même avant, il ne nous rendait jamais visite. Pourquoi venir encore nous déranger ? Chez nous, en plus. Alors qu'on va se mettre à table. On vous a déjà tout raconté.

La tête haute, la vieille femme est pressée d'en finir. Elle se penche pour consulter à nouveau le portrait-robot posé sur la toile cirée avant de toucher l'épaule de son mari.

– Dis-lui. Il nous croit pas.

– Je vous interroge pour les besoins de l'enquête, répond l'inspecteur en récupérant le portrait. Il n'y a rien d'anormal à cela. Nous avons désormais une suspecte.

– Ma femme a raison, enchaîne l'époux fatigué. On ne connaît personne qui réponde à ce nom. Et sa tête ne nous dit rien. On veut simplement qu'on nous laisse tranquilles. Et que vous retrouviez notre petit-fils. Il est tard. Je vais vous reconduire, si vous le voulez bien.

Exténué lui aussi, Pascal Hernandez détaille le vieil homme en appui sur son déambulateur. Un arbre sec. Le policier ne peut s'empêcher de revoir son père les derniers mois de sa vie, étendu sur son lit déplacé au rez-de-chaussée. Lors de ses visites, peu de mots étaient échangés, mais ces moments étaient essentiels.

– Ne vous dérangez pas, monsieur Dante, murmure le policier en récupérant ses affaires. On trouve tous la sortie.

82

Pascal Hernandez

L'enquête de voisinage permet d'établir le profil de Justine Roy : une femme solitaire, vivant dans ce studio parisien depuis treize ans, et n'ayant cherché à nouer de contact avec personne. Le voisin du dessus fait état de bruits nocturnes récurrents, propos corroborés par la voisine de palier de la suspecte qui évoque des hommes de passage.

La perquisition à son domicile n'aboutit à rien de probant : aucune trace de la présence de l'enfant. Mais si la police échoue à mettre la main sur la photo de Marin Dante aimantée au frigidaire, elle trouve en revanche, dans les cartons de la suspecte, moult clichés du psychologue. Sur l'un d'entre eux, il pose nu, assis sur la banquette de son cabinet, brandissant un objet en bois. Le jouet, donc. Hernandez glisse la photo à l'intérieur d'une pochette avant de se frotter les tempes. *Comment certains peuvent-ils laisser les rênes de leur existence à des êtres aussi pervers ?*

83

Léna Lambert

Au commissariat, la directrice de casting Léna Lambert évoque la radiation récente de Justine. Elle rapporte que la comédienne est entrée chez Zoom en 1992, alors qu'elle-même n'était pas encore nommée, car « vous savez, inspecteur, je suis nettement plus jeune que Mme Roy. Et à cette époque, l'agence misait sur cette actrice au physique atypique. Cela changeait des looks à la Kate Moss. La série *Sous le soleil*, pachyderme de l'univers audiovisuel, a été le point d'orgue de la pâle carrière de cette femme. Le chef de casting de *Plus Belle la vie* s'est plaint en la voyant attifée comme une cagole. Selon toute vraisemblance, conclut-elle, bracelets tintinnabulants, le succès reste bien volatil. » *Enfin une parole sensée*, admet le policier à la fin de l'audition.

84

Sabine et Gérard Anselme

Impasse Nansouty. Les Anselme tombent de haut en apprenant que la baby-sitter n'était pas celle qu'elle prétendait.

– *Clémence*, comprenez-vous, enfin *Justine*, n'est pas venue la chercher à la sortie de l'école. C'est la directrice qui nous a appelés, explique Sabine, enfoncée dans le moelleux de son canapé.

Attablé en face, Hernandez noircit son calepin avant d'évaluer le couple. Leurs deux paires d'yeux semblent prises dans les phares d'une voiture.

– Permettez-moi de vous poser cette question, mais comment Justine Roy s'est-elle retrouvée à garder Zoé ?

– Nous avons passé une petite annonce à l'école, répond vivement Gérard Anselme avant de plonger en lui-même, les yeux mi-clos.

D'un geste réconfortant, Sabine frotte l'avant-bras de son mari qui ne réagit en aucune façon à la caresse. Soucieuse, elle se redresse pour affronter le policier.

– Nous étions à la mi-avril et Zoé avait déjà écumé pas mal de baby-sitters. Notre petite a un caractère un peu spécial. Elle peut se montrer *cruelle*. Tandis qu'avec cette comédienne…

La mère Anselme grimace comme incapable de poursuivre.

– Ma femme a raison, intervient Gérard Anselme. Zoé est une enfant difficile. Et cette baby-sitter savait la gérer. Personne ne peut dire le contraire. C'est d'ailleurs la petite qui l'a choisie.

– Vraiment ?! s'exclame l'inspecteur. Vous n'avez pas eu votre mot à dire ?

Le couple échange un regard avant de hocher la tête, un peu contrit. Gérard reprend.

– Elle parlait un peu le même langage que la gamine, si vous voulez. Mon épouse en était un peu jalouse.

À l'énoncé de cette révélation, la mère de famille achève de disparaître dans le canapé. Quelques instants plus tard, tandis qu'Hernandez descend l'escalier, le policier est rattrapé par la voix de Sabine Anselme, lui parvenant du haut de la cage : « Pensez-vous, inspecteur, que notre fille se remettra de cette perte ? » *À croire que cette Justine Roy est la plus douée de toutes pour devenir maman*, convient Hernandez en s'échappant à grandes enjambées de l'immeuble.

85

Pascal Hernandez

S'acheminant vers la rue Daguerre, l'inspecteur a une pensée pour l'inventeur. Jadis, la police avait utilisé ses daguerréotypes pour diffuser les portraits de criminels recherchés. S'appuyant sur ses travaux, un certain Bertillon avait ainsi mis au point l'identification anthropométrique des suspects (taille, buste, longueur des oreilles et des pieds), accompagnée de clichés de face et de profil. La photographie judiciaire naissait. Le policier fronce les sourcils. Depuis le début de sa carrière, il est confronté à une myriade d'accusés, de suspects, de prévenus, ou d'autres témoins. Tout comme Daguerre, il fait face à des *instantanés* et pourrait mettre en album les zones grises de l'âme. Alors qu'il pénètre dans le hall de l'école Boulard, Hernandez sent miroiter en lui un vague orgueil, vite balayé d'un geste las.

86

Étienne Langevin

L'instituteur de Zoé apporte lui aussi sa pierre à l'édifice. Les yeux rougis, il avoue avoir été attiré par cette femme secrète, à fleur de peau, cachée sous un masque énigmatique. La voix empreinte d'amertume, il déclare n'avoir rien appris d'elle malgré ses tentatives d'approche. L'enseignant conclut que cette affaire lui permettra à l'avenir d'ouvrir l'œil et de veiller davantage sur les enfants dont il a la charge. Il met en cause une possible complice. Une esthéticienne de la rue Boulard. Elle venait chercher Zoé tous les vendredis et cette femme lui a, dès le premier jour, paru louche.

87

Joyce

Joyce propose un rooibos. Le policer lui demande de lui parler plutôt de Justine Roy.

– Je n'ai aucune cliente de ce nom, réplique-t-elle.

– Et si je vous dis *Clémence Boltéreau*, ça vous revient ?

L'esthéticienne rougit jusqu'aux oreilles. Se levant pour faire les cent pas au sein du minuscule accueil de Body Minute, elle déblatère des banalités sur cette femme à qui elle aurait prodigué deux ou trois soins, dont un microneedling. Rien de dramatique.

– Pourtant, j'ai cru comprendre que vous la connaissiez davantage.

Joyce pâlit.

– Chaque jour à la sortie de la maternelle, bredouille-t-elle, cette dame attendait une petite rousse et elle était souvent accompagnée d'une blonde un peu maigre, flanquée d'un gosse.

– Eh, bien, vous êtes au théâtre dans ce salon ! Vue panoramique sur l'école !

S'ensuit un silence pesant au cours duquel Joyce émet un faible sourire.

– Avez-vous gardé l'un ou l'autre de ces enfants ?

– Simplement la gamine, lâche-t-elle du bout des lèvres. Tous les vendredis. Je n'ai rien fait de mal. Je voulais juste aider.

– Jusqu'à vous retrouver complice d'un enlèvement d'enfant ? Que faisiez-vous le 6 juin dernier entre 15 heures et 17 h 30 ?

– Bon Dieu ! Tenez, prenez mon carnet de rendez-vous, vous verrez que je n'y suis pour rien dans cette histoire. En plus, je suis maman, ajoute-t-elle en se rasseyant lourdement.

Pascal Hernandez feuillette l'épais cahier de réservation, et prend en photo la page en question, précisant qu'il ne manquera pas d'appeler les clientes mentionnées afin de vérifier l'alibi de l'esthéticienne. Sans se préoccuper de savoir qui, de Germain ou de Zoé, a été enlevé, elle demande au policier si son salon risque d'être entaché par cette affaire. Railleur, l'homme de loi répond par l'affirmative.

88

Pascal Hernandez

Les semaines passent et l'enquête piétine. Cela fera bientôt un mois que les photos de Justine Roy et de Germain Dante ont été diffusées.

À force de ratisser la forêt, on finit par trouver, à trois cents mètres du menhir des Indrolles, des ossements humains d'un homme adulte au fond de la mare Robert-le-Diable qui a été draguée, comme l'intégralité des points d'eau d'Halatte. Les analyses feront parler les os. Une affaire de plus dont se serait bien passé Hernandez.

89

Sarah

Assommée de somnifères, Sarah passe l'essentiel de ses journées à dormir. Le reste du temps, elle erre au pied du domicile de Justine, les yeux rivés à ses fenêtres closes. Depuis la disparition, aucun mouvement n'a été signalé.

Sarah refuse l'aide de Romane et de Benji. Matéo a lui aussi tenté de la contacter un nombre incalculable de fois, mais elle ne répond jamais. Un jour, il monte à Paris sans que la jeune femme accepte de lui ouvrir la porte. À force de tambouriner, c'est Marin qui se charge de le recevoir d'un coup de poing en pleine face. Sarah reste prostrée. En proie à la culpabilité, elle acquiesce même à cette violence. Celles et ceux qui l'ont approchée méritent un tel châtiment.

Un matin, elle se décide à ôter la housse jaune canari de la méridienne. Au-dessous se trouve un tissu violine. Large de cinquante centimètres, une auréole grise orne l'assise. *Comment Marin a-t-il pu conserver cette ignoble trace ?*

90

Marin

Marin dort à l'endroit où Justine a perdu leur enfant. Scrutant les lézardes du plafond, il imagine son amoureuse et son fils s'amuser avec le jouet. De telles pensées le laissent exsangue, si bien qu'au petit matin il rase les murs pour ne pas croiser Sarah. Tout devient insupportable. Il a fait tomber les rideaux qu'il a balancés sur le trottoir, car vivre cachés ne sert à rien. Une autre de ses impostures. Même son petit garçon avait lu en lui comme dans un livre ouvert : *Le méchant, c'est toi.* Doublé d'un menteur et d'un pervers narcissique, jusqu'à ce travail, choisi pour imposer son ascendant sur les autres. Chercher des excuses dans son histoire familiale est inutile. Son âme, mauvaise.

Lorsque Justine était tombée enceinte, Marin avait tenté d'apaiser ses craintes. Elle serait une merveilleuse maman, leurs petits jeux s'arrêteraient. Il veillerait sur leur famille, soignerait sa jalousie. Mais le drame avait tout changé. Submergé par la douleur, il reprochait à Justine les événements, tout cela était arrivé parce qu'elle ne désirait pas la venue de leur bébé.

Marin ne la supportait plus : enveloppe vide devant ses séries, elle avait fini par ressembler à celle qu'il appelait encore *la vieille*. Il s'était montré blessant, la dernière année, il n'avait fait que ça. Combien de fois l'avait-elle trompée avec cet acteur minable et regrettait-elle Matthieu Valmy, le connard de l'avenue de Suffren ? Justine se tenait recroquevillée dans un coin de l'appartement, le jouet contre son cœur. Un matin, il l'avait mise à la porte. *Je ne t'aime plus*, avait-il ricané avant de pleurer, une fois seul, pour cet horrible mensonge.

Une phrase de Lacan, soufflée lors de leur rencontre, lui revient en boucle : *Je te demande de me refuser ce que je t'offre parce que ce n'est pas ça*. Depuis l'enfance, depuis Rémi, l'objet de son désir était d'humilier les femmes. Prouver qu'il n'existe pas de bonne manière d'être mère, mais simplement différentes façons d'échouer. *Des pensées de pauvre loup*.

91

Germain

Dans la chambre des grands-parents, Germain chante à tue-tête. Il apprend à se tenir droit, à exécuter les bons gestes pour marquer un passage – main sur la poitrine, baisers envoyés au ciel, petit tour sur lui-même. Sa chanson, il la connaît par cœur. Justine lui a choisi une tenue spéciale : salopette et chemise bleue à rayures. Il portera aussi des bottines grises au cuir tanné, car ce sont celles de son père, au même âge. Justine lui raconte des histoires. Son père et elle à Madrid, à Cabourg, rue Daguerre. Le petit garçon évoque le bébé mort dont lui a parlé Granny. « Je t'aime deux fois plus », répond Justine en le serrant contre son cœur.

L'enfant ne pense plus à sa mère. Son visage s'est évanoui et personne n'est là pour le raviver. Il a choisi sa nouvelle maman. Quand Germain parle de son père, Justine dit : « Marin va revenir, je te le promets. »

À la tombée du jour, ils se déguisent, jouent dans l'abri de jardin. Justine farfouille parmi les livres sur les animaux. Ni Granny ni Papou n'y ont touché, tout est resté en l'état. Elle et lui ne vont jamais dans le bois. Des policiers ou des voisins pourraient les dénoncer. Ils restent cachés.

Avec Papou, il a droit aux dessins animés, volets fermés, tandis que Granny et Justine déballent des malles. Justine fait des essayages, change sa voix. Germain se poste au milieu du salon et chante. Bientôt, le grand jour.

92

Germain

Aujourd'hui, on descend à Paris ! Levé depuis 6 heures ce matin, le garçonnet a réveillé toute la maisonnée en poussant sa chansonnette. Un grand chapeau de cow-boy dissimule son visage, il observe Justine, revêtue d'une robe de Granny. Une perruque blonde est posée sur sa tête et de grosses lunettes lui masquent les traits. *Quelqu'un d'autre.*

À l'aube, ils se mettent en marche sous une nappe grise. Germain se remémore ces longues semaines passées dans un petit rez-de-chaussée à Chamant, jusqu'à leur départ pour Fleurines. Papou s'y est opposé, mais ils lui ont fait changer d'avis. Les voisins ne devraient rien savoir, on les aurait séparés.

Recroquevillé sous l'abribus, il fixe les photos scotchées près des horaires. *Recherche Germain Dante, 7 ans 1,25 mètre. Disparu le 6 juin 2010. Suspecte : Justine Roy, 1,73 mètre. 40 ans.* Le car approche.

À la gare de Creil, encore l'attente. Abrités de la pluie, ils restent muets. Justine finit par lui demander s'il a froid, s'il veut un biscuit et si sa mère lui manque.

Germain répond que sa maman, c'est Justine, depuis le premier jour. *Être ensemble pour toujours*. Le train pointe au bout du quai. *Ne pas faire l'andouille, j'ai promis*, se répète-t-il en s'asseyant près d'elle. Sur un cahier, il dessine. Des bois et puis un vélo. Un bonhomme rayé avec une canne à pêche. Dans un coin de la page, une brindille à tête jaune. Sarah.

93

Germain

Arrivé à Paris, l'enfant compte les stations de métro. Descendus à Front-Populaire, ils prennent l'escalator et débouchent sur un parvis mouillé par une pluie drue. Ils s'engagent à l'intérieur d'un site immense. Les bâtiments bleutés ont des numéros géants étalés sur les murs, on dirait des Lego. Devant le Studio 107, une dizaine de petits chanteurs s'entraînent avec leurs parents. Ils prennent place dans la file et patientent longtemps jusqu'à ce que leur tour arrive. Justine explique être la nounou à qui la maman a demandé de conduire son fils à l'enregistrement de *La France a un incroyable talent*. Elle parle de la convocation oubliée ce matin sur la table du salon. Dissimulé sous son chapeau de cow-boy, Germain saute sur un pied tandis que l'assistante cherche son nom sur une grande feuille. « Il n'y a aucun Germain Dante dans ma liste, affirme-t-elle, pourtant, c'est étrange, ce nom ne m'est pas inconnu. » Nerveuse, Justine s'exclame : « Cherchez au nom de sa mère ! Germain Plasky. » Rassurée, la dame les conduit à l'intérieur.

S'ensuivent encore l'attente, les répétitions quand sonne enfin l'heure d'être accompagné en coulisse. « Ça va bientôt commencer », chuchote-t-on un peu partout. Son cœur tambourine. Il se pince la culotte, voudrait aller faire pipi. La main sur la braguette, il s'élance vers Justine, recroquevillée par terre. Comme elle ne répond pas, il frappe sur sa tête. De plus en plus fort jusqu'à ce qu'elle redresse enfin le nez, sa perruque de guingois faisant apparaître par grosses touffes ses beaux cheveux noirs. Devant la profondeur marécageuse des yeux lagune, l'enfant recule. L'un et l'autre se jaugent. Justine le hisse dans ses bras et s'élance jusqu'aux toilettes. Quand l'enfant en ressort, soulagé et tanguant, elle lui dit : « Après ta chanson, tout disparaîtra. » Germain se souvient de sa promesse : *Si je montre le jouet, je disparais.* Incapable de prononcer la moindre parole, il fouille sa poche. Rend le petit matelot.

94

Justine

1980

Justine est recroquevillée par terre. Elle compte les petits bâtons qu'elle a tracés sur le mur de sa chambre. Dix traits horizontaux soit mille jours auxquels s'ajoutent quatre-vingt-quinze autres bâtons verticaux. Elle vit là depuis trois ans. Dans le couloir, des voix enfantines résonnent, la fillette ferme les yeux. *Pomme de reinette et pomme d'api. Tapis tapis rouge. Cache ton poing derrière ton dos ou je te donne un coup de marteau.*

Une petite fille entrouvre la porte. Sur le seuil, elle paraît hésiter avant de rejoindre son lit d'un pas prudent. Les yeux rivés sur sa comparse de chambrée couchée en chien de fusil, elle reprend leur petite ritournelle commune. *Pomme de reinette et pomme d'api. Tapis tapis rouge.*

Justine roule sur le dos et sourit à son amie.

– Te voilà, Miranda ! Mais pourquoi tu fais cette tête ?

– Je vais devoir y aller. C'est l'heure pour moi.

Justine détourne le regard.

– Pardon, reprend la fillette. J'ai été choisie.

Miranda paraît soulagée d'avoir dit ce qu'elle gardait sur le cœur. Sans un bruit, elle rejoint la haute armoire blanche qu'elle partage avec Justine et entrouvre les deux grandes portes battantes. Elle en sort un sac élimé qu'elle entreprend de remplir. Depuis sa position couchée, Justine l'observe avant de se décider à lui prêter main-forte. Elle se lève et la rejoint en silence. Les deux amies s'activent. Au bout d'un moment, Justine se penche vers Miranda qui lui arrive à l'épaule.

– Je suis contente pour toi. J'espère que tu viendras me voir. Non, je plaisante… Tout ça, faut le faire disparaître.

Miranda se gratte le nez. D'une voix faible, elle dit :

– Tu devrais pas rester tout le temps contre le mur. Ça sert à rien. Un jour ce sera ton tour, à toi aussi.

Justine hausse les épaules.

– En attendant, je vais prendre ta place. Peut-être qu'elle me portera chance !

Justine s'élance jusqu'au lit de Miranda pour s'y étendre de tout son long. Sa camarade la rejoint, son bagage à la main ; elle se mord les lèvres. En une fraction de seconde, Justine se met à quatre pattes sur le matelas. Elle imite la voix et l'allure d'une sorcière.

– J'ai dix ans le mois prochain. Je te croquerai toute crue si tu restes dans les parages. Allez, dégage !

Miranda sourit largement, découvrant une dentition en escalier depuis que trois de ses dents de lait sont tombées. Elle pose son sac à terre et s'accroupit pour en tirer un petit bonhomme en bois.

– C'est pour toi.

Justine plisse les yeux.

– T'es sûre, Miranda ? C'est ton porte-bonheur.

– Je n'en aurai plus besoin maintenant. J'ai eu ma chance.

Justine hésite un instant avant de s'emparer de l'objet. Yeux brillants, elle le fait rouler avec dextérité dans sa paume.

– Merci. Je vais en prendre soin. Ce sera mon marinier. *À la vie à la mort.*

– Et n'oublie jamais, Justine. Il est magique. Tu te moquais de moi. Mais, tu vois, il a réalisé mon vœu, je te l'avais bien dit. Avec son hameçon, il attrape ton souhait et il le donne à la mer.

Les deux filles s'observent. Miranda finit par briser le silence.

– Alors, tu vas lui demander quoi ?

– Comme toi. Être choisie.

95

Germain

Sur le plateau, lumière.

Une femme conduit Germain vers un banc sur lequel des enfants sont installés. Les caméras avancent, l'enfant sait ce qu'on attend de lui, mais, à cause des projecteurs, ses jambes flageolent. Dans la coulisse, Justine est invisible.

Le présentateur lui tend un micro. Lui demande son prénom.

– Germain.

Lui demande son âge.

– Sept ans.

Sa chanson.

– *Ce rêve bleu.*

C'est la troisième fois qu'il le répète dans ce micro, sa voix est forte. À nouveau, il sonde la coulisse. *Est-ce que je vais disparaître ?*

96

Sarah

Romane hurle dans le téléphone : « Germain passe à la télé ! »

Chancelante, Sarah quitte l'obscurité de la chambre, tangue jusqu'au salon, la tête abrutie de cachets. Elle attrape son Mac, se connecte à la chaîne. À voix haute, elle insulte Marin, alors qu'il ne réside plus à l'appartement depuis des semaines. Les pages de publicité défilent, affichant un bonheur mièvre. Elle frotte ses mains moites, se répétant que ce n'est pas possible, jusqu'à ce qu'elle voie, à son tour, l'inimaginable.

97

Sarah

Le haut qu'il porte est rayé. Il s'approche du micro, enroule ses petits doigts, sourit à la caméra. Sur ses traits, aucun signe de peur.

En apnée, Sarah caresse la tête blonde apparue à l'écran. *Germain pense-t-il à moi comme je le fais depuis trois mois, heure après heure, seconde après seconde ?*

La jeune femme repart en chancelant dans le couloir, saisit son portable tombé au sol, compose un numéro. Quand Pascal Hernandez décroche, elle s'écrie : « Je l'ai retrouvé. J'ai retrouvé le petit ! » Elle n'entend pas la réponse de l'inspecteur, car là-bas, au salon, Germain vient de parler. Il va chanter *Ce rêve bleu*. En elle, tout se brouille. Sa main s'est mise à tourner une mèche, de la même façon que le faisait l'autre femme. Elle l'imagine se tenir dans la coulisse. À sa place. Se rappelle lui avoir parlé de l'émission à la crêperie. À l'autre bout du fil, l'inspecteur lui demande si elle se sent bien. Une nausée la prend, elle court jusqu'aux toilettes, vomit, se redresse, récupère le téléphone : « Germain passe à la télévision. L'émission s'appelle : *La France a un incroyable talent*. Qu'est-ce qu'on fait maintenant ? » Le policier demande s'il s'agit d'un direct ou d'un différé. « L'enregistrement date du 15 septembre, je devais l'y conduire », répond aussitôt Sarah. L'inspecteur s'emporte. « Deux semaines déjà ! Mais comment ont-ils pu passer l'entrée du studio sans être identifiés ? La photo et le nom de Germain Dante ont été placardés partout ! » Sarah sanglote : « C'est parce que je l'avais inscrit à mon nom. J'ai fait ça pour contourner mon mari. Il déteste la télévision. » Silence. Le policier va convoquer ses équipes. Ils approchent du but.

Une fois raccroché, Sarah imagine appeler un taxi pour se rendre aux EMGP en quête d'un indice. Une trace de Germain. Mais elle écarte l'idée puisqu'ils sont déjà repartis depuis longtemps. La police ira interroger tout le monde. Elle ressasse la question de l'inspecteur : comment, malgré les photos diffusées ces derniers mois, ont-ils pu passer les barrières ? Par quelle indifférence une disparition survenue en juin dernier peut-elle déjà passer à la trappe ? Dans la course à l'audimat, un fait divers en chassait un autre. Trois mois périmaient une affaire, Sarah ne le savait que trop bien. Les gens n'étaient que des monstres d'égoïsme. À commencer par elle-même.

Elle s'allonge par terre. Un poids énorme s'échappe de son corps. *Mon fils est vivant ! Mon fils est heureux !* L'image de Germain, souriant à l'écran, danse devant ses yeux. Son petit garçon n'a jamais aussi bien chanté que pour cet enregistrement. Elle le revoit scruter avec malice la coulisse, cherchant sans doute les encouragements de Justine.

Durant de longs mois, Sarah avait tenté de le coacher, mais il se renfrognait, pleurait souvent lors de leurs répétitions. Elle savait pourtant combien la voix de Germain pouvait être cristalline. Quand elle le surprenait en train de vocaliser dans sa chambre, alors qu'il se croyait seul, le petit stoppait net ses envolées. Ces mois s'étaient mués en calvaire. Ne rien lâcher. Encore une fois, elle avait voulu forcer les événements. S'il remporte la victoire, se disait-elle, ce sera l'occasion de briller, d'effacer mes manquements. Toujours, ses agissements la ramenaient à sa petite personne. À sa propre mesquinerie. L'idée de blesser au passage la susceptibilité de Marin, avec son horreur du divertissement, l'avait doublement motivée à inscrire leur fils à l'émission. Ses larmes se mettent à couler. *J'ai abandonné mon enfant.*

Dès leur rencontre, Sarah s'était questionnée sur l'identité de la comédienne. L'étrange hostilité de Justine à son égard aurait dû l'effrayer, mais l'effet inverse s'était produit. Elle voulait la connaître davantage. Une petite voix lui soufflait la vérité mais elle l'avait délibérément ignorée. Par peur. Ou lâcheté. À mesure des jours, une émotion étrange avait éclos. La sensation que cette inconnue la sauverait. Elle prendrait le relais. Sous les masques de Justine, Sarah devinait un amour infini, blessé, prêt à se déployer à nouveau. Un sentiment qu'elle n'avait jamais éprouvé. Seules les sensations, fugaces, la faisaient vibrer. Une petite phrase lâchée par Marin lui revient. *Les chiens ne font pas des chats.* Elle sourit. Enlace l'ombre de sa mère.

Sarah se souvient de ses piques lancées à Éliane lors de leurs retrouvailles. Elle n'avait jamais tenté de comprendre sa mère. *En réalité*, songe-t-elle, *si tu étais restée, tu nous aurais empêchés de vivre. Tu voulais être ailleurs, il te fallait partir. Ce que je percevais comme faiblesse était ta force.* Une question de Germain soufflée à Zoé lui revient : « Tu sais, toi, pourquoi ce n'est pas *Clémence*, ma maman ? » Dans l'instant, son orgueil avait été blessé. Germain avait pourtant raison. L'interrogation de Sarah était identique.

À présent, elle devait abandonner ses dernières résistances. Par amour.

98

Germain

Face aux caméras, Germain lève le bras, tourne en toupie, tape sur ses genoux. Trois frappes dans les mains, paume dans les cheveux, tête vers le ciel puis vers la coulisse. Il imagine Justine taper dans ses mains, alors il chante. Pour elle.

Vivons ce rêve merveilleux
Ce rêve bleu
Aux mille nuits
Qui durera
Pour toi et moi
Toute la vie.

99

Pascal Hernandez

Depuis le début de l'enquête, il pataugeait.

À croire que Justine Roy et le petit Germain Dante s'étaient bel et bien volatilisés. Du reste, l'enfant n'avait pas remporté la victoire à l'issue de l'émission, et sans ce précieux sésame, il avait disparu des radars une fois les caméras coupées. Le policer avait promis aux parents qu'on touchait au but, mais on restait, plus de trois mois après, sur la touche.

Un matin, il trouve Sarah Plasky dans le couloir du commissariat. Le visage tourné vers la fenêtre, elle ressemble à une madone cherchant du secours dans un maigre filet de soleil hivernal. Lorsqu'elle se tourne pour lui faire face, Hernandez la trouve étonnamment reposée, presque heureuse. Il chasse cette impression saugrenue et lui demande de le suivre. La porte refermée, le policier se ratisse le crâne : il n'a rien de fameux à lui communiquer. Sarah s'installe face à lui.

– Je suis venue vous dire que je ne rechercherai plus mon fils, inspecteur. Consignez cela, s'il vous plaît.

Hernandez la fixe sans réagir. C'est la première fois de sa carrière qu'il se retrouve dans une telle situation. Pour gagner du temps, il se lève et aligne les pas. Moulinant à vide, il se décide à carrer ses fesses sur son bureau. Faute de mieux.

Son interlocutrice s'est mise à chantonner une ritournelle un peu agaçante.

– Qu'est-ce que c'est ? demande-t-il à tout hasard.

– *Ce rêve bleu.*

Le policier s'enquiert de savoir si elle se trouve en pleine possession de ses moyens. Pour toute réponse, Sarah parcourt du regard le bureau comme si elle venait tout juste de le découvrir. Hernandez ne peut s'empêcher de poser à son tour les yeux sur la haute armoire en formica grise et les dossiers posés ici ou là.

– Et Marin lève aussi sa plainte, lâche finalement Sarah d'un air distrait.

– Dans ce cas, je devrais aussi l'entendre, répond le policier en se rasseyant sur sa chaise. C'est la loi, madame Plasky.

Sarah fouille son sac. Elle en sort son portable puis écrit un message.

– Écoutez, engage l'inspecteur avec douceur, je ne comprends rien. Je sais très bien que onze semaines se sont déroulées depuis le tournage de l'émission, mais nos équipes restent sur le qui-vive. Germain vous sera ramené.

Il observe Sarah. Assise sur le bord du siège, elle ressemble à une oiselle sur sa branche, prête à prendre son envol.

– Vous n'y croyez plus, c'est ça ? demande-t-il. Vous ne désirez pas le retrouver ?

– C'est terrible, n'est-ce pas, inspecteur ? Franchement condamnable. Bouh, en cage, la méchante Sarah ! Sortez vos menottes !

Le policier se sent rougir. Pour se donner une contenance, il croise et décroise les mains avant de les poser devant lui. Le même geste qu'avait eu Marin Dante cinq mois auparavant.

– Voyez-vous, madame Plasky, ces derniers temps, j'ai un peu réfléchi à toutes vos métaphores animalières. Et voici ma conclusion. Sur un arbre, il y a toujours des branches qui doivent sécher pour que d'autres fleurissent. Pour l'humain, rien à voir. On peut décider de suivre son penchant ou d'en changer. Chacun est responsable de ses actes.

– Je suis parfaitement d'accord. Je vous le redis. Je souhaite lever ma plainte.

En silence, le policier rouvre sur son écran le dossier *Germain Dante* pour y entrer les récentes informations. Sans relever le nez, il précise pour la forme que Mme Roy risquera de la préventive.

Sa déposition signée, Sarah se lève.

– Rassurez-vous, inspecteur, Pinot n'est pas qu'un simple flic. Il a plus de bonté que n'importe lequel d'entre nous.

100

Daniel

Dans l'abri de jardin. Fleurines.

Je me souviens que Marin avait quinze ans quand Adrienne m'a avoué qu'il n'était pas mon fils. Depuis un paquet d'années, je la voyais faire ses yeux de biche à Rémi et puis, le gamin lui ressemblait trait pour trait : il aurait fallu être aveugle.

J'étais incapable de supporter qu'elle parte. Alors, j'ai donné rendez-vous à Rémi près de l'étang. Je me suis emporté. Pas la force de les voir s'enfuir. À plus de soixante ans, un destin de con. Toute ma vie, j'avais été un lâche. Adrienne le répète suffisamment. *Papou le couillon. Papou le mou.* Forcément, je regrette. Je suis allé beaucoup trop loin. Mais il faut parfois défendre sa chasse gardée.

Adrienne n'aurait pas dû avouer à Marin ses origines. À l'époque, si j'avais pu, je l'aurais consolé. Mais je ne pouvais même pas me tenir droit dans mes bottes.

Du jour au lendemain, le petit a déserté la maison. J'allais souvent rôder près de l'abri, Marin y est resté trois ans. Je voyais bien qu'il s'était passé quelque chose avec sa mère. J'avais peur d'interroger Adrienne. Alors j'allais traîner vers la cabane. Quand je poussais la porte, j'attendais qu'il me demande de rester. Il relevait le nez de ses bouquins, et, dans ses yeux, je voyais la colère. Moi, j'étais juste fier qu'il veuille aller à l'université. Jaloux aussi, car son intelligence venait de Rémi.

Un matin, je me suis assis sur le matelas. Il a sorti de sa poche ma pièce, celle que je lui avais offerte pour ses dix ans. Je l'avais reçue de mon père. Il s'est mis à la faire sauter dans sa main. J'ai baragouiné quelques conneries, lui racontant qu'elle lui porterait chance, une sorte de trèfle à quatre feuilles. Mon fils a ricané. *Est-ce que j'avais, rien qu'une fois, connu une belle réussite ?*

Après la disparition de Germain, l'inspecteur et sa clique sont repassés souvent dans le secteur. Une vraie foire pendant plus d'un mois. Marin et Sarah étaient repartis, on ne s'appelait jamais.

Le jour où Justine a débarqué avec mon petit-fils, Adrienne n'a pas paru surprise, on aurait même dit qu'elle les attendait. J'ai essayé de m'opposer. Un enlèvement d'enfant est grave. Mais Adrienne ne voulait pas que je bave : une *affaire privée*. Le petit avait l'air heureux, Justine et ma femme s'entendaient bien. Alors, je l'ai bouclée.

On a vécu comme ça presque deux mois. Une parenthèse de bonheur. Quand Justine et le gosse sont partis pour Paris, j'ai pleuré. *Pourquoi je faisais toujours les mauvais choix ?* Cette fois, j'ai téléphoné à Marin.

S'il voulait revoir le petit et Justine, il ne devait pas hésiter. Tenter de rattraper. Soigner les plaies avant qu'elles ne se gangrènent. L'amour ne s'explique pas, c'est impossible à comprendre chez les autres, on peut juste l'observer par une petite lucarne. Je lui ai raconté que je l'aimais, car il était mon fils. Et combien je regrettais ces poisons dans sa tête. Je lui ai aussi dit que j'étais un guerrier et pas un couillon, ils s'étaient tous trompés à mon sujet.

101

Justine, Germain, Marin

15 septembre. 17 h 05 - 17 h 15
Studio 107 – Coulisse

Marin ne porte pas de marinière mais une chemise lâche. Ses cheveux sont en bataille, comme le soir de leur rencontre, avenue de Suffren.

Il épie. Devine quelque chose que Justine ignore, mais recherche pourtant. C'est pour cette raison qu'elle franchit les quelques mètres qui les séparent.

Derrière le rideau, Germain s'apprête à chanter. Justine se penche : « Le spectacle est-il à ton goût ? Un décor cossu, des petits chanteurs. Un divertissement vulgaire. Mais la vie, c'est un jeu, non ? » Marin la hume. Il dit venir de la meute. Un fils de loup.

Plongeant la main dans sa poche, Justine en extirpe le jouet. Elle le fait rouler avec adresse au creux de sa paume. D'un geste un peu trop brusque, Marin le lui fauche. Sur un rêve bleu nappant le rideau, il parle de cette vie qui les attend. Ils ne logeront plus rue Daguerre, n'auront probablement pas de télévision et

Germain s'amusera sur un vélo, une trottinette, des patins à roulettes. Ce que bon lui semblera. Il attrape Justine par les hanches. Parle de Temple Drake, si belle qu'elle ne finira plus jamais avilie. Faulkner s'est trompé.

Ce que veut cet homme, elle n'en a aucun doute. Ce que cette femme désire, il le sait. C'est faire l'amour. Se fondre en lui. Lui offrir ses masques ou sa nudité même si elle n'existe pas. Même si toujours, on se manquerait.

102

Sarah

Sarah contemple ses cadres jonchés sur le sol. Face aux fenêtres nues, elle se sent beaucoup moins étriquée. Les mots prononcés par Marin quelques semaines auparavant tournent comme une valse à quatre temps qui ne la concernerait plus. Dans une pâle lumière, elle se lève. Saisit son imperméable, sort.

Une fois dehors, elle inspire à pleins poumons. Quelques numéros seulement la séparent du studio Daguerre, elle s'engage dans la rue, sourire aux lèvres. Arrivée devant le local, elle se penche vers la vitrine, mains en visière. Personne. La jeune femme hésite. Depuis son installation dans le quartier, elle a toujours rêvé de pousser cette porte pour se faire photographier par un professionnel. Ses clichés proviennent soit du portable de Marin, soit de celui de Romane ou encore du sien. Des selfies ridicules sur lesquels elle apparaît souriante, bien maquillée, prenant la pose sur un tournage, mains sur les hanches, cherchant à mettre en valeur la finesse de sa taille. *Des photos déformées.* Elle se décide finalement à entrer.

Dans le clair-obscur, un homme entre deux âges approche. Elle balbutie.

– J'ai habité neuf ans dans la rue et je ne me suis jamais fait photographier ici. Daguerre est pourtant l'inventeur de la photo, c'est un comble !

– Vous faites erreur, corrige l'homme dans un sourire énigmatique. Louis Daguerre a exploité les procédés d'un autre. Un certain Nicéphore Niepce.

– Alors, c'était un usurpateur ?

– On peut dire ça. Ou un illusionniste. L'inventeur du diorama. De grands panneaux translucides qu'on faisait pivoter. Avant tout, cet homme aimait raconter des histoires.

Sarah pense à Justine qui a peut-être franchi avant elle cette porte pour consolider son book. *Qui a usurpé le rôle de l'autre ?*

– Vous savez quoi ? murmure-t-elle. Dans une autre vie, j'ai été comédienne.

Derrière la porte du fond se trouve une petite pièce dont les murs blancs tranchent avec le sol peint en noir. Tandis que le photographe branche les projecteurs, Sarah s'approche du tabouret jouxtant trois réflecteurs. Hésitante, elle siffle de l'air entre ses lèvres ainsi qu'elle le faisait, fillette. Germain se comporte de la même façon. Il chantonne toujours lorsqu'il se trouve avec Justine. Une joie étrange naît à l'idée de son fils heureux. Elle avait aimé ressentir cette émotion avec Matéo. Mais il était trop gentil, trop naïf aussi. Ce qu'elle avait imaginé, qu'il la quitterait à cause de son âge, était faux. Elle se lasserait la première. Une histoire. Encore. *Nous ne sommes constitués que d'histoires.*

« J'ai besoin de me voir », dit-elle en faisant tomber son imperméable à ses pieds. L'homme s'avance vers le trépied, puis pose son œil derrière l'objectif. Un clic se fait entendre. La première photo. Sarah ôte ses sandales. Un autre clic. Cette fois, elle affiche un visage surpris, sentant une petite veine battre sous son cerne. Trop de myopie. Elle balance ses lunettes, son foulard, détache ses cheveux. Peut-être disparaîtra-t-elle sous cette focale ou apparaîtra-t-elle dans son trouble. Perdre et gagner, elle n'aurait jamais cru une chose pareille possible, alors, bras tendus, elle tourne en toupie comme son fils dans l'émission. Trop vite certainement pour être saisie. *Daguerre sans Niepce n'aurait sans doute rien fait. Niepce sans Daguerre serait resté dans l'ombre.* Tout est à sa place. Germain chante pour elle.

103

Pascal Hernandez

Accoudé au comptoir du Bouquet, l'inspecteur tergiverse. Depuis le début de cette enquête, le nom de la rue le rendait méfiant. Un soir, il a effectué des recherches. Peut-être ne choisissait-on pas son lieu de vie par hasard. Louis Daguerre avait donc dérobé sans vergogne l'invention d'un autre. *Cette idée lui était-elle venue en voyant une image de la* camera obscura *se fixer sur une plaque de cuivre ? L'apparition d'un double l'avait-elle motivé à voler un confrère ?* Un gosse courant à perdre haleine dans la rue le tire de ses réflexions. Instinctivement, il sort de la brasserie pour chercher les parents. Ne les trouvant pas, il revient commander un autre ballon.

L'affaire Germain Dante aura au moins eu le mérite d'en ouvrir une autre. Les os retrouvés au fond de la mare Robert-le-Diable font encore l'objet d'investigations et ce meurtre fera peut-être partie des vingt pour cent de crimes restés non élucidés chaque année. Les mots de Sarah Plasky, à la vue de son fils poussant la chansonnette dans cette émission idiote, lui reviennent. *Qu'est-ce qu'on fait maintenant ?* L'inspecteur hésite avant d'enfiler son manteau. Il quitte la brasserie. La nuit commence à tomber, il remonte son col. Dans quelques jours ce sera Noël.

Arrivé devant le n° 57 de la rue Daguerre, il se poste en face pour mieux observer l'appartement du deuxième. Plus de rideaux, mais un simple éclairage diffus témoignant d'une présence. Les frontières entre l'ombre et la lumière sont parfois poreuses. On peut agir en justicier, mais commettre un acte répréhensible et suivre la loi en diffusant pourtant le mal. Au bout d'un moment, Hernandez se décide à quitter son poste de vigie et remonte tranquillement la rue jusqu'à la station Mouton-Duvernet. Il s'engouffre dans la bouche de métro, passe le tourniquet et vient capituler sur un des sièges de la RATP. Sur le quai d'en face, dans des duvets étalés, des hommes ressemblant à des vers. À bien y réfléchir, le fond de toutes les affaires auxquelles il aura été confronté dans sa carrière peut se résumer à un seul mot : amour. Pas assez, trop ou mal aimé, on en revient toujours à la même chose. Aujourd'hui, le policier s'interdit de s'apitoyer sur son sort. Il a reçu son dû. Une rame de métro débouche sur le quai. Il ne bouge pas.

Demain, de nouvelles personnes à interroger, le mal à débusquer et des rapports à taper. D'autres mères qui abandonneront leur progéniture, d'autres enfants qui tourneront le dos à leurs parents. Et derrière chacun des prévenus ou des témoins qu'il interrogera, Pascal ne pourra s'empêcher de voir le petit garçon ou la petite fille qu'ils avaient été. Et une certitude lui donnera un peu d'espoir. Ce sont toujours les moins aptes à l'amour qui aiment le plus intensément. Mais avec hargne.

104

Louis

Les aléas de l'espace-temps l'ont réduit à l'état de fantôme. Louis Daguerre se penche sur la photographie tout juste affichée en vitrine. La pose aurait dû être tenue davantage pour en fixer les contours. Pourtant, dans cette zone grise, la femme aux cheveux clairs paraît à sa place. Ses bras sont tendus comme si elle cherchait à repousser les limbes. Sur le visage diaphane se devine un sourire flou.

Par décret du 27 février 1867, une voie du XIVe arrondissement de Paris rend hommage à Louis-Jacques-Mandé Daguerre, inventeur du procédé photographique, dit daguerréotype.

Véritable pépinière – nom qu'elle portait autrefois –, la rue accueillit Alexandre Calder qui y a réalisé sa première silhouette en fil de fer, inspirée de Joséphine Baker. Le Douanier Rousseau s'est également plu à poser ses chevalets dans un atelier situé à quelques numéros de la maison qu'occupera plus tard Agnès Varda. Riveraine depuis les années 1950 jusqu'à sa mort, la cinéaste eut l'idée de filmer son pâté de maisons en observant un illusionniste annoncer son prochain spectacle au café du coin. Ses « Daguerréotypes » s'apparentent à un album de quartier. Dans lequel parfumeurs, bouchers, merciers, boulangers et autres marchands de couleurs offrent un petit théâtre du quotidien. La rue Daguerre est à l'image du monde : une représentation.

pcacmb
édition pré-presse
livres numériques

44400 Rezé

IMPRIM'VERT®

Achevé d'imprimer
en mars 2025
par Corlet Imprimeur
14110 Condé-en-Normandie

Dépôt légal : mars 2025
N° d'Imprimeur : 25020585
Imprimé en France